AF469639

WHICH IS THE MAN;

OU

QUI PRÉFERERA-T-ELLE!

COMÉDIE

EN CINQ ACTES;

Par MISTRISS COWLEY.

REPRÉSENTÉE pour la première fois sur le Théatre Royal de COVENT-GARDEN, *l'année 1782.*

M. DCC. LXXXIV.

ACTEURS.

LORD SPARKLE (1).
M. FITZHERBERT.
M. BEAUCHAMP.
M. BELVILLE.
M. PENDRAGON.
LADY BELL BLOOMER.
JULIE, *pupille de* FITZHERBERT.
MISS PENDRAGON.
CLARINDE.
KITTY, *Suivante de* JULIE.
TIFFANY, *Suivante de* CLARINDE.
MISTRISS JOHNSON, *Hôtesse d'un hôtel garni.*

Plusieurs Dames & Cavaliers, des Laquais de Lord SPARKLE, *de Lady* BLOOMER *&c. &c.*

La Scène se passe à Londres.

---

(1) *Sparkle*, signifie en françois, *étincelle*.

WHICH IS THE MAN, OU QUI PRÉFERERA-T-ELLE?

ACTE PREMIER.

Le Théatre représente une Salle dans la maison de MISTRISS JOHNSON.

SCENE PREMIERE.

MISTRISS JOHNSON *traverse la Scène, suivie d'un petit Laquais.*

BETTY! Diek! — Où êtes-vous? Ne voyez-vous pas que Lord Sparkle s'arrête ici? — Le ferraillement de sa voiture réveillera mes locataires. Quel motif l'amene de si grand matin? — Le voici : il a bien la mine d'un libertin,

SCENE II.

MISTRISS JOHNSON, LORD SPARKLE; *il entre en baillant.*

LORD SPARKLE, *à l'entrée de la coulisse.*

DITES au Cocher de tourner, je ne m'arrêterai qu'un instant. — Ha! bon jour Johnson, -- je viens m'informer, chemin faisant, de la santé de nos provinciaux.

M. JOHNSON.

Ils se portent bien, Milord. — Comment Milord! en campagne de si bonne heure?

LORD SPARKLE.

Dites plutôt si tard. — Je ne me suis pas couché depuis avant hier; je vais me reposer une heure, m'habiller, & de-là à la Cour. — Mais que deviennent nos deux rustres? Ils m'ont fait grace pendant quatre jours.

M. JOHNSON.

Miss Pendragon est sortie avec son frere.

LORD SPARKLE.

Je m'en doutois, & me suis arrêté en conséquence. — Ne parlent-ils pas de retourner dans leurs forêts de Cornwall?

M. JOHNSON.

Ils semblent occupés de tout autre projet.

LORD SPARKLE.

Vous les *prêchés* mal, Johnson : faites leur une peinture affreuse de Londres ; dites leur que cette ville est pleine de frippons & de sorciers (1).

M. JOHNSON.

Je ne néglige rien pour les engager à partir ; mais leur réponse est toujours : « Ho ! Lord Sparkle est » notre ami. — Si nous partons, il s'en offensera. » — Il sembleroit que nous nous méfions de ses » promesses ».

LORD SPARKLE.

Mes promesses ! — Ces deux imbéciles ont pris quelques politesses d'usage pour de l'attachement.

M. JOHNSON.

N'y auroit-il pas eu un peu plus que de la politesse avec la jeune Miss ?

LORD SPARKLE.

Quel propos ! A la cérémonie *septennielle* (2) je

(1) Les habitans de Cornwall sont fort superstitieux ; les sorciers y sont encore en crédit.

(2) La cérémonie *septennielle*, allusion au terme prescrit à la durée du Parlement, dui change tons les sept ans, à moins

l'ai embrassée comme toutes les autres femmes. J'ai bu du mauvais vin d'*Aporto*(1) avec son frere; & pour réussir auprès de lui, j'ai applaudi à ses contes villageois, donné le nom de *bon ton* à ses manières rustiques, & traité sa sotte impudence, d'aisance & d'esprit: il pouvoit être satisfait de cette complaisance, & m'épargner l'ennui de le voir à Londres.

M. JOHNSON.

Ils parlent de quelques lettres d'invitations fort pressantes.

LORD SPARKLE.

J'obtins par leur crédit la représentation de leur bourg (2): en reconnoissance, j'ai flatté la vanité de la sœur, & lui ai tenu les propos usités en pareil cas.

M. JOHNSON.

Elle s'est imaginée.....

LORD SPARKLE.

Qu'une lettre d'honnêteté étoit une invitation. Mon dessein, en lui écrivant, étoit d'attendre sa réponse, jusqu'à une autre élection générale; mais avant que

---

qu'un grand évènement n'oblige le Roi d'en ordonner autrement.

(1) Vin de Portugal.

(2) Les bourgs, villes & provinces, ont des représentans au Parlement; on les élut à la pluralité des voix.

je pusse imaginer qu'elle eût reçu ma lettre, ce couple charmant arriva chez moi: pour me débarrasser de leurs sots complimens, je les ai logé chez vous. — On les a vu, on s'en est amusé, il faut qu'ils partent.

M. JOHNSON.

Je le désire autant que vous. Il m'arriva hier au soir une personne qui loge toujours dans cet appartement; M. Belville....

LORD SPARKLE.

Belville est ici? J'en suis enchanté; écoutez: personne ne réussit mieux que lui auprès des femmes: tâchez de lui inspirer du goût pour la petite Cornwallienne, nous en serons bientôt débarrassés.

M. JOHNSON, *gravement.*

Vous ne me connoissez pas, Milord. — Si mes mœurs n'avoient pas été à l'abri du reproche, aurai-je resté si long-temps au service de Madame votre mere.... Ah, Milord! si Lady Sparkle vivoit.....

LORD SPARKLE.

Elle grondroit sans aucun sujet.... Vous pouvez vous dispenser de l'imiter. — Je n'ai qu'un mot à vous dire. — Je ne me soucie pas de Miss Pendragon, je veux absolument m'en débarrasser. — Et c'est vous que je charge de cet emploi. (*Mistriss Jonhson recule quelques pas, d'un air d'indignation.*) — L'honneur délicat de Madame paroît s'offenser.

Ha ! ha ! ha ! ha ! ha ! l'hôtesse d'un hôtel garni... ha ! ha ! ha !.... En vérité ! rien n'est plus plaisant. Ha ! ha ! ha ! ha ! (*Elle sort en haussant les épaules.*) Mais j'entends quelqu'un. — Ha ! c'est mon vieux *Caton*, c'est le censeur, mon digne & ennuyeux cousin Fitzberbert. — Que faire? il n'y a plus moyen de l'éviter.

SCENE III.

LORD SPARKLE, FITZHERBERT.

LORD SPARKLE.

JE suis bien fâché de n'avoir pas battu plutôt en retraite. Vous m'allez donner un violent assaut,

FITZHERBERT.

Ne craignez rien : je ne prodigue jamais mes conseils à ceux dont la réforme est sans espoir.

LORD SPARKLE.

Dois-je prendre ce compliment pour une saillie d'esprit ?

FITZHERBERT.

Non ; vous ne le comprendriez pas.

LORD SPARKLE.

Convenez de bonne-foi, que vous êtes persuadé du contraire. — Mais accordez-moi quelques momens d'entretien, & enseignez-moi ce ton libre qui caractérise si bien votre impolitesse. Je suis continuellement la dupe de mon honnêteté, en ce moment même, il y a deux personnes logées ici....

FITZHERBERT.

Qui sont les victimes de vos artifices. — Vous voyez, Milord, que je suis au courant de vos affaires. — Mais je perds mon temps....

LORD SPARKLE.

Votre temps ! ha ! ha ! ha ! ha ! — Quel prix a-t-il pour vous ? C'est votre plus grand ennemi ; il ajoute chaque jour des rides à votre visage, & de la causticité à votre humeur attrabilaire. Je vous prouverai que j'ai mieux employé que vous les douze dernières heures qui viennent de s'écouler. — Tandis que vous en avez perdu neuf en dormant, & que vous avez employé les trois autres à déclamer contre les mœurs, j'étois tranquillement assis ches Weltjie, (1) où j'ai gagné. — Devinez quoi ?

FITZHERBERT.

Apparemment la moitié de l'argent que vous avez perdu la veille, deux ou trois mille guinées.

LORD SPARKLE.

Des guinées ! fi donc : elles sont aussi rares chez

(1) Nom d'un fameux *Club*.

nous, que dans les coffres du congrès. A l'exemple des Amériquains, nous marquons avec des jettons, & jouons pour une bonne propriété (1).

FITZHERBERT.

Vous avez raison.

LORD SPARKLE.

L'or & l'argent sont des métaux marchands, depuis que les *Sauniers*, les *Vinaigriers*, & les *Lords-Maires* les emploient avec succès (2) — Notre *Déesse* tient au lieu d'une bourse, une *corne d'abondance*; elle nous prodigue des champs fertiles, des vallons riants, & de riches troupeaux (3): elle a gratifié ce matin mon cornet, d'une maison charmante, avec cinq cens arpens de terre, & la prochaine nomination, au bénéfice de Guzzleton.

FITZHERBERT, *avec indignation.*

Les charges de l'Eglise, gagnées au jeu! J'espere, Milord, que vous en disposerez avec le même juge-

(1) L'on comprend aisément le piquant de cette épigramme contre ceux qui favorisoient les troubles avec les colonies.

(2) Autre épigramme contre les excessives dépenses qu'entraînoit la guerre contre les Amériquains. Elle ne fut avantageuse qu'aux traitans & aux pourvoyeurs.

(3) On avoit introduit dernierement l'usage d'exposer son patrimoine à un coup de dé, faute d'argent comptant.

ment qu'elles vous ont été accordées. — Bon jour, Milord, bon jour. *(Il fait quelques pas.*

LORD SPARKLE.

Bon soir vieux *crabtree* (1) ; *(il paroît un Laquais.)* va dire à Belville que je viens le féliciter sur son heureux retour de le maussade province.

FITZHERBERT *revient sur ses pas.*

Milord ?

LORD SPARKIE *le regarde.*

Monsieur ?

FITZHERBERT.

Pour éviter une autre rencontre, je vous préviens que j'irai ce matin chez Lady Bell Bloomer.

LORD SPARKLE.

A présent, voilà ce qui s'appelle être poli ! — Et pour la même raison, Monsieur, je vous préviens que j'y passerai ce soir. *(Il sort, dans le même instant le Laquais revient.)*

FITZHHERBERT.

Quoi ! votre maître est encore couché ; à quelle heure arriva-t-il hier au soir ?

(1) *Crabtree*, pommier sauvage ; on donne ce nom aux misantropes. *Fielding* s'en servit le premier dans son roman de *Preregrin Pickle*, où il désigne sous le nom de *Crabtree*, un personnage sévère & bourru.

LE LAQUAIS.

Fort tard, Monsieur. — Sans la rencontre que nous fîmes de Sir Harry Hiarbrain, & sa nouvelle Meutte, nous serions arrivés à Londres de bonne heure. — Nous chassâmes le renard à *Bagshot*, le poursuivîmes au travers de la bruyere vers *Datchet*, il prit la droite vers *Egham*, nous laissa sous le vent aussi loin que d'ici à *Staines*; prit de-là la route d'*Oxford*, & nous celle de Londres, Monsieur.

(*Il fait une profonde révérence.*)

FITZHERBERT.

Voilà un récit aussi exact que savant, Monsieur; allez à présent avertir votre maître que je l'attends. —— Mais le voici.

SCENE IV.

FITZHERBERT, BELVILLE *en robe de chambre.*

FITZHERBERT.

IL est honteux qu'un chasseur se lève à onze heures.

BELVILLE.

Mon aimable, mais caustique ami, je me conforme par-tout à l'usage; à la campagne je défie la fatigue, & m'y lève avant que l'aurore vienne frapper les regards du laboureur : je franchis les haies & les fossés, déjeûne dans une chaumière, y boit du lait que me présente une jeune brunette, aussi fraîche que la rosée; j'y mange sur un plat de bois, & me divertis de ses propos innocens. De retour dans la capitale, je m'habille régulièrement, me pique d'avoir les plus beaux habits; je me nourris de ragoûts, bois du vin de Champagne, & tâche en un mot de faire comme tout le monde.

FITZHERBERT.

Tant pis, jeune homme, tant pis; dès qu'on adopte le ton de ceux qui n'ont que les vices & la folie pour guides, on est plus insensé qu'eux.

BELVILLE.

Vous autres satyristes, aussi aveugles que des

taupes, cherchez à tâtons les défauts de l'humanité ! Il y a beaucoup de sagesse dans les folies que vous condamné ; il faut, à mon avis, plus de mérite pour être un fou utile, que de vertus pour composer une douzaine de cyniques.

FITZHERBERT.

De cette maniere, la moitié du genre humain devient utile à l'autre; j'en connois qui jouent ce beau rôle depuis l'âge de seize ans jusqu'à soixante. — A propos de folie, mon très-honoré parent Lord Sparkle vient de sortir d'ici.

BELVILLE.

Voilà un heureux exemple de ce que produit la totale indifférence, pour ces sages maximes que vous recommandez.

FITZHERBERT.

Vous l'appellez *heureux* ?

BELVILLE.

Sans doute. — Aucun homme n'est plus aimé des femmes ; d'ailleurs, n'est-il pas le modèle sur lequel se forment tous nos agréables ? N'est-ce pas à lui qu'est réservée la gloire d'enlever la belle Lady Bloomer à tous ses rivaux ? Vous-même, mon ami ; après l'avoir critiqué la moitié de votre vie, vous serez assez bon pour lui laisser encore votre fortune.

FITZHERBERT, *fort animée.*

Vous vous trompez, M. Belville.

BELVILLE.

Comment? vous refuseriez à l'époux de votre favorite....

FITZHERBERT.

Si cet hymen à lieu, je renonce à l'amitié de Lady Bell. — Je vous avoue que sa conduite avec lui m'étonne, elle le reçoit avec la plus grande distinction: — mais souvent le mérite s'aveugle, & devient la proie de l'homme sans mœurs

UN LAQUAIS.

M. Beauchamp.

FITZHERBERT.

Tâchez de sonder ses sentimens, il m'importe de les savoir; depuis que la conduite de Milord a trompé mon attente, j'ai choisi Beauchamp parmi les branches cadettes de ma famille. Il ignore mes projets, & se croit redevable à Sparkle du bien-être dont il jouit. J'observe scrupuleusement ce dernier; vous en saurez davantage: le voici, je puis l'éviter en passant par cette porte. (*Il sort.*)

SCENE V.

BELVILLE, BEAUCHAMP.

BELVILLE.

QUOI! en uniforme? Quel démon te possède? La dernière fois que je t'ai vu, je te croyois voué au Barreau ou à l'Eglise: je m'attendois à te voir affublé d'une perruque, disputer avec tes confrères dans le temple de *Themis*, ou placé dans un bon bénéfice, y recevant les dixmes de tes paroissiens.

BEAUCHAMP.

Tels étoient les projets de mon enfance; mais le feu de la jeunesse m'a inspiré d'autres désirs. Les Héros de *l'Aréopage* & du *Forum*, ont cédé à ceux de *Marathon:* ces derniers m'ont fait connoître la honte qu'il y auroit à languir dans l'indolence, tandis que ma patrie est entourée d'ennemis.

BELVILLE, *en souriant.*

Je parie que cette bravoure n'est pas l'effet de l'héroïsme: conviens qu'elle t'a été inspirée par quelque femme, qui t'a fait croire que l'uniforme t'étoit plus favorable que le rabat.

BEAUCHAMP.

Quoique je sois sensible aux charmes d'un objet digne de tous mes vœux, ce projet néanmoins n'est

pas

pas le sien. Hélas, Charles! elle ne daigna jamais s'occuper de mon sort.

BELVILLE.

De la modestie! Tu as fort bien fait d'abandonner le Barreau; — mais nommes - moi ta belle dédaigneuse?

BEAUCHAMP.

Je ne me permis jamais une pareille indiscrétion. Avare de mon bonheur, je jouis en silence de l'idée de ses charmes, & craindrois d'en ternir l'éclat, si l'on savoit que j'en porte l'image dans mon cœur.

BELVILLE.

Ha! ha! ha! — Tu me donnes plus que jamais envie de connoître la Nymphe, qui t'inspire une si belle passion. Tu aurois joué un beau rôle dans le siècle de la Chevalerie. — Je parie que ta Dame est laide.

BEAUCHAMP.

Elle est belle, aimable & spirituelle, mais sur-tout elle a un goût délicat dant tout ce qu'elle fait. — Ah, Charles! peut-on aimer une femme qui manque de goût.

BELVILLE.

En a-t-elle pour toi? Voilà l'essentiel.

BEAUCHAMP.

Je n'ose nourrir ma passion d'un espoir si flatteur; & cependant je serois fâché qu'elle s'éteignît par la crainte du contraire. Un vain orgueil n'a point enflammé mon cœur; mes sentimens pour elle seront mes guides dans le chemin de la gloire; c'est en combattant nos ennemis, qu'elle apprendra combien je suis épris de ses attraits.

BELVILLE.

Voilà de la pure galanterie de l'année 1101; ce furent avec de tels sentimens que nos ancêtres triompherent dans les plaines de Cressy & de Poitiers; mais crois-moi, mon ami, ils ne séduiront aucune femme de notre siècle. Si tu veux réussir, il faut employer d'autres moyens. Figures-toi que tu es à l'Opéra; tu regarde d'abord toute l'assemblée (1); tu vois une jolie femme, tu la lorgne, tu t'écrie: *elle est charmante.* On te dira, « voilà une Demoi» selle qui a vingt mille liv. sterling de dot, il lui » manque les charmes de son sexe pour plaire.—Tu » replique: mais elle a de la fortune, je tâcherai » d'obtenir sa main..... cela m'arrangera... il faut ab» solument que je l'aie.... J'irai demain chez elle..... » Je me proposerai.......». Auras-tu ce courage, mon cher *Achile*?

(1) Les Théatres sont différemment construits à Londres qu'à Paris; le parterre à l'Opéra, fait un amphitéatre qui s'étend depuis l'orchestre, jusqu'au fond de la salle; les places sont à 12 liv.

BEAUCHAMP.

Jamais.

BELVILLE.

En ce cas, renonce au projet de plaire.

BEAUCHAMP.

Mais je n'ai rien qui puisse autoriser pareille démarche: de la naissance, & une commission de Capitaine que je dois à la générosité de mon parent Lord Sparkle, voilà tout ce que je possède. Ce sont de foibles avantages pour une femme qui jouit de 5000 liv. sterling de rente.

BELVILLE.

Supposons qu'elle ait du goût pour vous, & ....

BEAUCHAMP.

Je renoncerois à un bonheur que je ne veux devoir qu'à mon courage.

BELVILLE.

Renonce plutôt à ces beaux sentimens, ils ne sont plus de mode. — Veux-tu passer dans mon cabinet, je t'y donnerai du chocolat.

BEAUCHAMP.

Je ne puis, mon Colonel m'attend. — Où nous reverrons-nous?

BELVILLE.

Je n'en sais rien, le hasard dirigera toute ma journée. Adieu. (*Ils sortent chacun d'un côté opposé.*)

SCENE VI.

Le Théatre représente un Appartement dans la Maison de CLARINDE.

CLARINDE, *suivie de* TIFFANY.

CLARINDE *lit un catalogue.*

PAUVRE Lady *Squander!* ses meubles & ses bijoux sont à la fin chez *Christie* (1) — J'irai certainement à cette vente. (*Elle donne le catalogue à Tiffany.*) Marque l'article des perles, & celui du service de porcelaine de Saxe. Je veux qu'elle ait au moins le plaisir de voir ses bijoux chez ses amies. (*Elle s'assied à côté d'une table, & y prend quelques cartes de visites.*) — Voyons! je me suis couchée si tard, à peine ai-je eu le temps de songer à mes visites. (*Elle lit :*) Mistriss *Jessamy.*—Lady *Racket.* —Miss *Belvoir.* — Lord *Sparkle*..... Lord *Sparkle!* Ah, ciel! quel demon m'a conduit chez Lady *Price.* Je voudrois que son concert de trois violons & une flûte, eût été sur ses montagnes de *Galles*, pour y divertir ses chevreaux. — Pourquoi m'as-tu engagé à sortir?

(1) Nom d'un fameux Huissier-priseur; il a une salle spacieuee où se font toutes les ventes considérables. Ces ventes sont très-fréquentes, sur-tout par les jolies femmes.

TIFFANY.

Vous aviez l'air si triste, Madame, j'ai pensé que.....

CLARINDE.

Ce fut hier la journée des contrariétés. Je parcourus tous les quartiers pour le trouver, & par-tout il sortoit quand j'entrois. — Mais que me sert d'y songer ! Je parie qu'il n'est venu chez moi que dans l'intention d'y voir Lady Bloomer. — Son attachement pour elle n'est plus un mystère.... Ces veuves sont perfides.... Il semble que ce *mot* renferme une vertu cabalistique. — Depuis Février dernier, pas moins de quatorze jeunes & aimables cavaliers se sont pris dans ses lacs.... Heureusement qu'ils étoient tous abîmés de dettes, un pareil exemple nous enleveroit tous les jeunes gens, depuis *Charing-Cross* (1) jusqu'à *portman's square* (2).

TIFFANY.

En vérité, Madame ! je voudrois que cette Lady Bell fût déja remariée: elle vous donne toujours de l'humeur.

CLARINDE.

Puis-je m'en empêcher ? Avant qu'elle parût dans

(1) Place où est la statue équestre de Charles Premier. C'est où commence ce qu'on appelle le quartier de la Cour.

(2) Très-belle place ou quarré, la plus reculée dans le quartier de la Cour, ou *Westminster*.

le monde, j'y tenois le premier rang. Ma parure, mes meubles & mon équipage servoient de modèle aux *élégantes:* Lady Bell s'avise de prendre une femme-de-chambre françoise, & m'éclipse dans un instant.

TIFFANY.

Nous valons bien ces *Demoiselles.*

CLARINDE.

Elle quitte le deuil aujourd'hui, & va, pour la premiere fois depuis son veuvage, étaler ses attraits à la Cour. — J'ai dessein d'y aller..... mais si elle l'emporte, témoin de ma défaite, son triomphe en sera plus complet..... Il vaut mieux que je n'y aille pas, mais j'irai ce soir à son assemblée.... je m'arrangerai si bien, que j'empêcherai Lord Sparkle de lui parler.... elle en enragera, & je serai vengée.

(*Elle sort.*)

TIFFANY.

Miséricorde! il faut autant de politique à la Suivante d'une Miss qui approche de ses trente ans, qu'à un premier Ministre. Si malheureusement sa glace est trop fidèlle, ou qu'une rivale l'emporte, ou qu'enfin un amant la néglige, adieu à la faveur, on renvoye la pauvre fille sans nul espoir de pension.

Fin du premier Acte.

ACTE II.

Le Théatre représente une Salle élégamment meublée dans la maison de Lady BELL BLOOMER.

SCENE PREMIERE.

JULIE, *tenant quelques lettres à la main.*

QUEL trésor! Ces précieuses lettres long-temps oubliées dans la triste enceinte d'un Couvent, indifférentes pour celles qui l'habitent, sont pour moi la source du bonheur suprême. — Il est donc en Angleterre! Ah! combien il est éloigné de soupçonner que je suis si près de lui....

SCENE II.

JULIE, KITTY.

KITTY.

M. Fitzherbert sera chez vous tout-à-l'heure, Madame.

JULIE.

Tant mieux. — Lady Bell est-elle habillée?

KITTY, *parlant très vîte.*

Pas encore, Madame; M. Crepé la tient depuis trois heures, pendant que sa femme-de-chambre court ça & là, & que M. *John*, son laquais, va chez les Marchandes de modes & les Parfumeurs, & que son nouveau vis-à-vis l'attend à la porte (1) pour conduire Milady à la Cour. Ah, Madame! au lieu de ces vilains habits lugubres, on ne voit plus que des Laquais avec des livrées toutes éclatantes d'argent. Dès qu'elle sera partie, la maison va être sans dessus-dessous, pour les apprêts de l'assemblée de ce soir, & l'on dit que tout le monde....

---

(1) Les maisons de Londres sont construites différemment de celles de Paris; elles sont en général à porte bâtardes. Les écuries & les remises ont leurs sorties dans d'autres rues.

JULIE.

Ha! ha! ha! ha! je t'en prie, prends haleine. Il n'est pas étonnant que Lady Bell soit aise de quitter le deuil, car il me paroît que cet évènement bouleverse la tête de tous ses domestiques.

KITTY.

Vous avez bien raison, Madame, vous allez voir comment tout va être gai dans cette maison; l'on m'a dit que Lady Bell l'est beaucoup: bien lui en a pris, car l'on m'a dit aussi que son vieux mari étoit si désagréable, qu'elle n'auroit pas manqué de mourir d'ennui. — Ses gens l'adorent. — Quel dommage, Madame, que vous ne soyez pas aussi gaie que Milady. — Nous sommes toujours si tristes..... Il est bien surprenant qu'une Dame aussi jeune & aussi jolie soit....

JULIE.

Epargne-moi tes propos: — mes goûts ne s'accordent pas avec ceux de Lady Bloomer.

KITTY.

Je le sais bien, Madame, elle suit la mode, se divertit, pendant que vous êtes tristement au coin de votre feu. Milady comprend fort bien que l'esprit & la beauté ne sont pas donnés pour être ensevelis; elle brille tous les jours dans la *moitié* des maisons de Londres, & le lendemain *nous* avons des vers dans les Journaux, & des Sonnets, & des,... des.... enfin *nous* avons tout ce qui flatte la vanité des Dames, &c....

JULIE.

En voilà assez, ta grande familiarité m'offense (1). — Porte ce bouquet à Lady Bell, & dis-lui que connoissant son goût pour les fleurs, je les ai fait chercher ce matin à Richmond (2) pour les avoir plus belles. — Que ma porte soit fermée pout tout le monde, excepté pour M. Fitzherbert.

(1) On est fort réservé avec les domestiques en Angleterre, on ne leur permet pas deux questions par an, ils n'ont que le droit de répondre quand on les interroge, & encore exige-t-on qu'ils soient laconiques.

(2) Bourg sur les bords de la Tamise à dix mille de Londres. Le Roi y a un palais, où il réside une grande partie de l'été. La situation en général est la plus belle de l'Angleterre.

SCENE III.

Les précédens, FITZHERBERT.

FITZHERBERT.

NE dois-je point attribuer cette attention plutôt à la circonstance qu'à la faveur? Vous m'avez sans doute entendu; je ne me flatterai jamais que vous refusant à la société de la jeunesse & à ses plaisirs, vous admettiez un vieux radoteur qui n'est point indulgent sur vos défauts.

JULIE.

Personne ne m'intéresse autant que vous. Toute votre conduite annonce l'amitié: elle me flatte d'autant plus, que vous ne prodiguez pas vos conseils...

FITZHERBERT.

Arrêtez? Je les prodigue quelquefois, mais ce n'est pas avec le même degré d'intérêt. Mon attachement est préférable à celui de vos aimables sémillans, ils se disent les amis de tout le monde, & ne le sont que de leurs plaisirs. — Mais que fait Lady Bell?

JULIE.

Elle est à sa toillette. — Ah, mon cher tuteur! je ne puis assez reconnoître le service que vous m'avez rendu, en me liant avec elle.....

FITZHERBERT.

J'étois sûr que vous l'aimeriez. A votre retour de France il vous falloit une telle société ; ses manières s'accordent avec la politesse de cette nation. — Je l'entends: sa démarche est d'accord avec ses paroles.

SCENE IV.

Les précédens, LADY BELL BLOOMER.

FITZHERBERT.

SI toutes les femmes étoient des jeunes veuves d'une gaieté aussi agréable, l'amour & la galanterie feroient place à la sagesse & à la raison.

LADY BELL.

Vous ajoutez à ma satisfaction. — Quel bouquet! Ah, ma chere Julie! Lady *Mirtle* en mourra de dépit; elle étoit tellement couverte de fleurs & de feuilles hier au soir, qu'on l'eût prise pour la belle Rosamonde dans son berceau. Savez-vous, mon cher Fitzherbert, que nous dînâmes hier en *Hill Street*, & que nous eûmes le courage d'y rester jusqu'à onze heures.

JULIE.

J'en fus malade d'ennui.

LADY BELL.

Et moi j'en eus un nouveau goût pour la société. L'incommode politesse de Sir André, & l'insipide maussaderie de sa grande fille, m'amusèrent beaucoup. — Mais comment me trouvez-vous? Ne croyez-vous pas que je ferai un million de conquêtes aujourd'hui?

FITZHERBERT.

Si vous trouvez autant de fous, il n'en faut pas douter. — Dites-moi, Lady Bell, lequel de vos adorateurs verra avec le plus de plaisir, cette premiere marque de votre liberté?

LADY BELL.

A qui elle l'importe le moins.

JULIE.

Nommez-le.

LADY BELL.

Il faudroit, pour vous satisfaire, plus de réflexion que je n'en ai mis pour l'écouter.

JULIE.

Si vous érigiez un temple à vos adorateurs, le nom de Lord Sparkle seroit placé sur l'autel.

LADY BELL.

Lord Sparkle! — Qui peut résister à son mérite? — Il n'a pas la maladresse d'attacher de l'importance aux vices & aux vertus: membre des *Clubs* les plus illustres, il en fait l'ornement; sa toilette le distingue autant que l'or & l'esprit qu'il emprunte à ses amis.

FITZHERBERT.

Et vous recevez cependant son clinquant comme un métail précieux.

LADY BELL.

Dans ce monde charitable, on s'accommode autant de l'apparence que de la réalité.

FITZHERBERT.

Avec tant d'indulgence pour Lord Sparkle, ne jetterez-vous jamais un regard favorable sur le modeste Beauchamp ?

LADY BELL.

Beauchamp ! — si j'en avois le desir, il faudroit que je changeâsse mon éventail en hallebarde, mes plumes en casque, & mon nom en celui de *Thalestris*. —Vous n'ignorez pas que les armes sont sa passion. (*elle soupire.*) — Mais j'oublie que l'heure triomphale approche.

FITZHERBERT.

De quel triomphe parlez-vous?

LADY BELL.

De celui, où après m'être montrée dans toutes les

maisons de Saint-George (1), je descendrai à Saint-James (2). Le peuple étonné, demandera à mi-voix: « qui est cette belle femme? — Sans doute elle est » une des quatre héritieres (3)? Non: c'est une am» bassadrice ». — Soutenue par mes gens, je monterai le grand escalier, je passerai nonchalamment par toutes les pièces, je laisserai tomber mon évantail, raccommoderai mon bouquet, afin que la *petite noblesse* (4) ait le temps de m'admirer. = De-là j'irai dans la salle du cercle (5), j'y jetterai un coup-d'œil distrait, n'y verrai que l'envie chez les femmes, & une foule de choses flatteuses dans les yeux des hommes.

JULIE.

Voilà le vrai tableau de l'orgueil de notre sexe.

---

(1) La paroisse de Saint-George est la plus considérable & la mieux habitée de Londres; c'est en général celle où logent tous les gens de qualité.

(2) Le Palais du Roi, ancien bâtiment. Il n'y réside pas, mais y tient sa Cour.

(3) Une de ces héritieres, Miss Egerton, a trois millions de dot.

(4) Ceux qui sont admis dans les appartemens, mais qui ne vont pas dans la salle où se tient la Famille royale.

(5) La grande noblesse forme un cercle, le Roi le parcourt d'un côté pendant que la Reine va de l'autre; ils parlent à tous ceux qui le composent.

LADY BELL.

C'est plutôt celui de ma félicité. — Je quitte le deuil d'un époux auquel mes parens, & non pas mon cœur, m'avoient unis. — J'ai un douaire considérable, & une figure..... vous la voyez. — La jeunesse, la fortune & la santé me prodiguent leurs faveurs : j'en jouirai ; l'innocence & l'honneur seront mes guides.

FITZHERBERT, *malicieusement.*

Ajoutez-y la prudence, de peur que vos deux sauve-gardes ne soient surpris pendant leur sommeil.

LADY BELL.

Je ne crains rien, — mais chaque minute que je m'arrête m'enlève une conquête. Adieu ; mes fiers *coursiers* hénissent d'impatience. Partons pour la gloire. (*Elle sort en riant.*)

FITZHERBERT.

Sous l'apparence de la légereté, elle cache un esprit solide, & sous cet air de coquetterie, un cœur tendre & sensible.

JULIE.

J'en suis convaincue ; — quelquefois je la plaisante sur Lord Sparkle, mais je crois qu'elle préfere Beauchamp : jamais je ne le nomme que son embarras n'annonce sa défaite ; je ne fais pas semblant

blant de m'en appercevoir, je sais qu'elle est jalouse de son secret.

FITZHERBERT.

Vous parlez si bien du cœur de votre amie, que je me flatte que vous me confierez les secrets du vôtre.

JULIE, *d'un ton embarrassé.*

Du mien, Monsieur.

FITZHERBERT.

Oui : aidez-moi à le connoître?

JULIE.

Mais....

FITZHERBERT.

Dites-moi franchement, si parmi les papillons que votre beauté ou votre fortune vous attirent, il en est un que vous préférez ?

JULIE, *en hésitant.*

Non..... Monsieur.

FITZHERBERT.

Je me confie à votre parole, & vous avertis que je vous présenterai ce matin un de mes amis, arrivé depuis hier à Londres.

JULIE.

A quel titre ?

FITZHERBERT.

Comme un homme qui a le plus grand desir de s'unir à vous.

JULIE.

Ai-je l'honneur de le connoître?

FITZHERBERT.

Non; mais depuis long-temps je désire cette union.

JULIE.

J'espere que vous m'accorderez.....

FITZHERBERT.

Ne craignez rien: quoique je m'intéresse vivement à cet hymen, je serois fâché de tyranniser vos inclinations — Je vais de ce pas chez celui qui, je me flatte, pourra vous plaire. — N'ayez pas cet air grave, mon enfant: l'état que je vous propose ajoute à la dignité de votre sexe. C'est dans le mariage qu'une femme déploie les vertus, qui la rendent estimable. *(Il sort.)*

JULIE.

Voilà le moment fatal que j'ai tant redouté. — Comment apprendre à Lady Bell & à mon Tuteur — que je suis mariée? — Mais j'ai promis à mon époux de garder le silence. — Ah, que n'est-il ici! Ecrivons-lui Qu'il vienne m'excuser auprès de la confiance abusée & de l'autorité. *(Elle sort.)*

SCENE V.

L'Appartement de BELVILLE.

BELVILLE, UN LAQUAIS, *& un moment après*, FITZHERBERT.

BELVILLE.

QUE mes malles & ma chaise soient prêtes demain matin à six heures. — Je veux dîner à *Douvres*.

FITZHHERBERT.

Il me paroit que j'arrive à propos.

BELVILLE.

J'allois chez vous m'informer, pour quel sujet vous m'avez proposé de quitter mes *amadryades* de *Berkshire* (1)? Votre lettre m'est parvenue au moment où j'allois partir pour Paris.

FITZHERBERT.

Pour Paris?

BELVILLE.

Oui.

FITZHERBERT.

Quelle folie! Restez plutôt où vous êtes. La

(1) Cette allusion se rapporte à la province de Berkshire, qui est couverte d'arbres.

grande route de *Calais* à *Douvres* (1) est pernicieuse à l'Angleterre ; je voudrois voir établir aux deux confins, des péages dont l'impôt corrige ceux qui ont la fureur de voyager.

BELVILLE.

Il en résulteroit plus d'abus que davantages ; ils n'embarrasseroient pas les oisifs ni les insensés, mais l'homme d'esprit qui cherche à s'instruire (2).

FITZHERBERT.

Tant mieux : nos voyageurs philosophes ont plus fait de mal que toute la politique des François. Il semble que leur principal but est d'établir la frivolité, & de nous captiver par des usages corrompus. (*Pendragon paroît dans le fond du Théatre.*) — Mais n'est-ce pas le jeune *Cornwallien* que je vois là-bas ?

BELVILLE.

Lui-même ; sa singularité vous divertira ; la nature sembloit l'avoir destiné pour être toute autre chose

(1) Allusion au sept lieues de mer qui séparent la France de l'Angleterre.

(2) Cette épigramme est d'autant plus fine, qu'elle fait l'éloge de l'Anglois raisonnable, dont le peu de fortune l'empêche en voyageant, de suivre l'exemple de ses compatriotes fortunés ; ceux-ci n'ont souvent d'autre but que la vanité & les plaisirs.

qu'un homme ; sa liaison avec un Pair d'Angleterre lui a tourné la tête. Sa sœur fut jusqu'après la mort de son pere un sauvageon, & ne connut que les bruyeres de Cornwall ; elle s'avise à présent de faire le bel esprit, & de critiquer son frere. Le voici

SCENE VI.

Les précédens, PENDRAGON, *ridiculement vêtu.*

PENDRAGON.

AH ! mon cher compagnon d'auberge, je viens pour vous.... (*à Fitzherbert.*) — Ha ! votre serviteur, Monsieur, (*à Belville.*) — C'est sans doute un de vos amis.

FITZHERBERT.

Je m'en flatte ?

PENDRAGON *passe devant Belville, & se met entre celui ci & Fitzherbert.*

Donnez-moi la main, Monsieur. — Dès que vous êtes l'ami de M. Belville, vous êtes le mien, & nous sommes tous une compagnie d'amis. — Je fais bientôt connoissance, moi.

FITZHERBERT.

Cela est fort heureux.

PENDRAGON.

Et fort poli. — Il y a six semaines que je suis dans le grand monde, je n'y vois d'autre différence avec le petit monde, sinon qu'on y vit sans cérémonie: — dès que c'est la preuve d'une bonne éducation, je m'y conforme.

FITZHERBERT.

Vous paroissez avoir réussi.

PENDRAGON.

Pour vous en convaincre, je vous raconterai une diable d'histoire qui vous fera rire.....

FITZHERBERT.

Je ne puis l'écouter en ce moment, mais l'écouterai volontiers si vous voulez me faire le plaisir de dîner avec moi.

PENDRAGON.

De tout mon cœur.

FITZHERBERT.

Les gens d'ici vous donneront mon adresse. — M. Belville, je dois vous communiquer une affaire importante. (*Il sort avec Belville.*)

PENDRAGON.

Parbleu, je suis bien aise qu'il m'ait invité. — A son air peu cérémonieux, je juge que c'est un Lord. (*Il contrefait Fitzherbert.*) « M. Belville, je dois » vous communiquer une affaire importante ». — Et aussi-tôt ils se retirent. Nous autres, en Cornwall, aurions regardé cela comme bien impoli; & voilà cependant ce qu'on appelle de l'aisance. — Oui, c'est de l'aisance. (*Il sort en répétant*). C'est-là de l'aisance.

SCENE VII.

PENDRAGON, MISS SOPHIE PENDRAGON.

MISS SOPHIE.

FRERE Bobby! frere Bobby!

PENDRAGON, *en se retournant.*

Je vous prie, Miss Pendragon, de ne pas me donner si souvent le titre de frere; il semble à vous entendre, qu'on ne sait pas vivre: combien de fois vous le répéterai-je, que rien n'est plus ignoble que de se donner entre parens, le nom de *pere*, de *cousin*, de *frere*, « *& toutes ces sortes de choses.* ». (1). J'ai eu besoin de trois jours pour oublier la honte dont vous me couvrîtes, au concert de M. *Dobson*;

(1) Expression fort à la mode parmi les élégans, & les petites maîtresses.

vous *brailliez* d'un bout de la salle à l'autre. « Ma » tante ! ma tante ! voici une place entre moi & mon » frere, si cousin Dick vouloit se mettre plusprès de » son pere, &.....

SOPHIE.

Mais — où est le mal? Nous a-t-on donné des parens pour en rougir ?

PENDRAGON.

Je ne sais pourquoi on nous en a donné, mais je puis vous assurer qu'aucun jeune homme du grand monde ne s'en soucie.

SOPHIE.

Fi, quelle honte ! Ce qu'il y a de sûr, frere Bobby, c'est que je ne donnerai jamais dans ces manières dénaturées. — Depuis que Lord Sparkle vous distingue, vous n'êtes plus le même : autrefois, quand notre pere avoit de la compagnie, vous vous glissiez dans la salle, la tête pendante comme une perdrix morte, vous passiez derriere toutes les chaises jusqu'à ce que vous en trouviez une vuide, ou vous vous asseyez aussitôt sur le coin, & faisiez des nœuds dans votre mouchoir pour cacher votre embarras ; si l'on buvoit à votre santé, vous vous leviez, vous faisiez un salut comme cela; (*elle traîne le pied.*) & répondiez : *merci*, *Monsieur*.

PENDRAGON, *en lui montrant le poing.*

Morbleu? si vous continuez.....

SOPHIE.

A présent, c'est bien autre chose; quand vous entrez dans une salle, vous jettez négligemment votre chapeau sur une table, vous passez devant le monde, le corps à moitié plié comme cela. — Vous vous élancez dans un fauteuil, mettez vos jambes sur un autre, demandez d'un ton négligent, « faites-» moi le plaisir de sonner? John, donnez-moi un » verre de limonade. — Mistris *Plume* m'a traîné » toute la matinée contre le vend en *Hyde Parke;* » la poussière a fait de mon gosier, une véritable » *emplâtre de Paris* ».

PENDRAGON.

Le diable m'emporte si je ne m'aime pas mieux en *copie* qu'en *original.* — Ho! si j'imite aussi bien que vous, je serai bientôt un *élégant.* — Je veux à mon tour, vous donner un petit mot d'avis. — Il n'est plus douteux que Lord Sparkle n'ait le dessein de vous introduire dans le grand monde: moi qui ai déja vécu avec *tout cela*, je vous dirai comment il faut vous y conduire.

SOPHIE.

Voyons?

PENDRAGON.

Si vous entrez dans un salon où il y aura je suppose un cercle de vingt ou trente personnes, il ne faut pas y faire la moindre attention.

SOPHIE.

Non!

PENDRAGON.

Non ; peut-être un domestique vous donnera une chaise, sinon vous occupez la premiere vacante. Votre arrivée n'interrompra pas la conversation; on ne fera pas plus d'attention à vous, que vous ne vous occuperez des autres.

SOPHIE.

Est-il possible !

PENDRAGON.

Ayez soin d'avoir la même indifférence pour ceux qui arriveront après vous; j'ai vu un soir la pauvre Lady *Carmin* mourir de honte, parce que son amie eut l'impolitesse de se lever, & de céder sa place à la Duchesse de *Dulcet.*

SOPHIE.

Ho! frere Bobby, vous m'en contez,

PENDRAGON.

Foi de *petit maître.* — N'allez pas aussi vous aviser d'étendre votre conversation; vous devez la borner à un seul mot. — Si par hasard quelqu'un de la compagnie raconte une chose ou l'autre, vous pourrez de temps en temps vous récrier : *c'est charmant !* — *c'est odieux !* — *c'est admirable !* — Point de phrases, à moins que vous ne vous serviez de celle qui distingue les gens du grand monde, « *toutes ces*

» *sortes de choses* ». Vous ne concevez pas combien elle est utile; elle excuse le défaut d'esprit, supplée à la solution d'un argument, vaut un trait d'histoire, & décide du sort d'une bataille.

SOPHIE.

Fort bien; mais comment fait-on pour s'en aller?

PENDRAGON.

Rien de plus simple: l'on s'en va comme l'on est venu. — Si vous avez fantaisie de saluer la maîtresse de la maison, vous faites comme cela: (*il fait un signe de tête.*) — Mais il est plus noble de la quitter comme je fais. (*Il sort précipitamment sans la regarder.*)

SOPHIE.

Je voudrois être convaincue qu'on peut se dispenser des cérémonies: j'irois de ce pas faire une visite à Lord Sparkle. — Ho! je m'arracherois les cheveux de désespoir, quand je songe qu'il est venu chez Mistriss Johnson, & que je n'y étois pas. — Dans tout ce que j'ai lu, je ne me rappelle pas d'avoir vu le caractère d'un amant aussi négligent; — il me vient quelquefois le desir de le dédaigner, mais aussi-tôt les tristes récits qu'on lit de celles qui ont fait mourir leurs amoureux de chagrin, m'en empêche. — Malgré l'envie que j'aurois de l'entretenir, il ne vient pas. — Je parie que j'ai deviné ses intentions: qu'il ne se flatte pas de m'avoir fait impunément venir de

Land's-End (1) à Londres pour se moquer de moi; — il éprouvera que Sophie Pendragon sait se faire respecter. (*Elle sort.*)

SCENE VIII.

FITZHERERT, BELVILLE.

BELVILLE.

QUOI, mon ami! vous voulez me donner une femme: la derniere faveur qu'accorde le ciel. — Je.... je.... je ne me marierai pas si-tôt....

FITZHERBERT.

Vous avez tort. — Je vous connois, & malgré vos défauts, je vous préfere à tous les insensés, pour vous confier le bonheur d'une jeune personne qui possède vingt mille livres sterling de dot.

BELVILLE.

Voilà un piège, mon ami. — Mais parlons plutôt du caractère de la Demoiselle: est-elle coquette, prude, ou accariâtre?

(1) Pointe de terre en Cornwall, sur les confins de la province.

FITZHERBERT.

Si vous êtes honnête avec elle, vous ne lui trouverez aucun défaut; — mais si vous êtes bizarre & soupconneux, — elle sera comme le reste de son sexe. La conduite de la femme dépend de celle du mari.

BELVILLE, *en souriant.*

Avez-vous quelqu'autre chose à m'en dire?

FITZHERBERT.

Oui, elle est ma pupille, son pere étoit mon intime ami. — Je vous la donne, parce que je vous estime, & que je la chéris. — Osez me réfuser.,....

BELVILLE.

Je le dois.....

FITZHERBERT.

Pourquoi?

BELVILLE.

Je suis..... marié.

FITZHERBERT.

Marié!

BELVILLE.

Il y a huit mois qu'un Ministre Anglois m'unit à Paris, à la plus aimable de toutes les femmes, Julie *Manners*.....

FITZHERBERT.

Julie *Manners !*

BELVILLE.

Est le nom de celle que j'ai épousé. Je fis sa connoissance chez un de mes amis, avec les filles duquel elle demeuroit au couvent. Je la voyois à la grille, & parvins par les secours de Mademoiselle *de Saint-Val*, son amie, à lui faire accepter ma main. A peine fûmes-nous unis, que je reçus un ordre de mon oncle à Florence, de l'y rejoindre; je partis, & à mon arrivée chez lui, il me confia des dépêches pour le ministère d'Angleterre; je revins ici, sans avoir pu m'arrêter un instant sur la route.

FITZHERBERT, *à part.*

A merveille! (*haut.*) Vous eûtes sans doute la précaution de vous informer qui étoit celle que vous avez épousé?

BELVILLE.

Sans doute: je fus autant satisfait de sa naissance que de sa fortune; elle a un tuteur, ne voulant l'instruire de son hymen qu'à son retour en Angleterre, nous sommes convenus de garder le secret.

FITZHERBERT.

Votre femme est-elle ici?

BELVILLE.

Elle reste au couvent, jusqu'à ce que j'aie tout arrangé, pour la recevoir dans ma Terre de Berkshire. Je lui ai écrit pour l'avertir de partir, & lui ai mandé que j'irai la trouver à Calais; je n'en reçois point de réponse; dans la crainte que mes lettres ne lui soient pas parvenues, je pars pour Paris, & ramenerai bientôt l'objet de tous mes vœux.

FITZHERBERT, *à part.*

Ingrate Julie! vous m'avez trompé.

BELVILLE.

Ce silence qui peint vos regrets, m'étonne & me chagrine.

FITZHERBERT.

Cet hymen m'offense; — mais je ne vous en veux pas, — je n'en ai pas le droit.

BELVILLE.

Je ne vous comprends pas.

FITZHERBERT.

Je n'en dis pas davantage. (*Il fait quelques pas.*)

BELVILLE.

Adieu: impatient de revoir une épouse chérie, chaque instant qui m'en sépare fait un vuide dans mon cœur; je vais tâcher en parcourant cette grande ville, de dissiper l'ennui qui me dévore. (*Il sort.*)

FITZHERBERT.

En dépit de ma colère, je puis à peine lui cacher mon bonheur & le sién;—sévère avec les vices & les folies, je suis indulgent pour les aimables foiblesses. — Ah, Julie! vous deviez mieux me connoître: ce défaut de confiance me chagrine. — Il faut l'en punir. __ Pendragon va m'être très-utile.... Oui ma belle Julie.... je te le présenterai comme un époux. Ah! qu'il est difficile de gouverner la jeunesse.

Fin du second Acte.

ACTE III.

Le Théatre représente une Salle dans la maison de LORD SPARKLE.

SCENE PREMIERE.

LORD SPARKLE, BEAUCHAMP, *assis devant une table, avec une écritoire & des papiers.*

LORD SPARKLE, *superbement vetu.*

PAUVRE George ! tu as donc réellement le dessein d'être avant peu dans le sein des alarmes & de la confusion ? Tu veux aller te signaler en Amérique ?

« Adieu champs fleuris & berceaux séduisans, où » ma Chloé reçut mes tendres vœux ; (*il se lève.*) tu les sacrifies à *Mars* & à la victoire.

BEAUCHAMP, *en se levant.*

J'accepte l'augure de ce dernier mot, Milord, & semblable aux héros d'*Homere*, je prends congé, & pars sous d'aussi heureux auspices.

LORD SPARKLE.

Il faut auparavant me rendre un service qui vous plaira. — Vous êtes un adorateur des charmes de Lady Bell.

BEAUCHAMP, *avec transport.*

Le ciel m'est témoin.....

LORD SPARKLE.

Point d'héroïsme, cher George; il est passé de mode en amour comme à la guerre.

BEAUCHAMP.

Comment cela, Milord?

LORD SPARKLE.

L'indifférence, mon ami! — Voilà ce qui gouverne aujourd'hui tous les hommes. Nous aimons, nous haïssons, nous faisons la guerre sans permettre que notre tranquillité en souffre. — Rien n'interrompt plus notre repos: l'œil le plus perçant connoît à peine les sentimens de l'amant qui touche au moment fortuné, ni ceux de l'époux qui doit être séparé par le divorce.

BEAUCHAMP.

Quelle indigne apathie? N'étouffe-t-elle pas les sentimens purs & délicats? — Que devient par ce méprisable systême, la douce énergie de l'ame?

LORD SPARKLE.

Point du tout; je sens que Lady Bloomer me

convient, & je sens aussi qu'il m'importe de connoître sa façon de penser à mon égard. Je ne doute cependant pas qu'elle ne me soit favorable, mais je voudrois en être convaincu. — Tout mon art ne peut l'engager à s'expliquer peut-être sera-t-elle moins réservée avec vous.

BEAUCHAMP, *d'un air embarrassé.*

Comment pourrai-je.....

LORD SPARKLE.

Rien de plus facile. — Voyez si elle rougit en prononçant mon nom; — parlez-lui de quelques femmes que vous supposerez me plaire, remarquez si elle ne leur trouve pas de défauts. — Ne m'épargnez pas; s'il y a du désordre dans ses réponses, — elle est à moi.

BEAUCHAMP.

Malgré vos instructions, je ne me sent pas capable d'une ambassade de cette nature.

LORD SPARKLE, *d'un ton piqué.*

Quoi, Monsieur! vous me refuseriez ce service?

BEAUCHAMP.

Je sais, Milord.... que je ne dois rien vous refuser..... Ma reconnoissance.... En vérité, Milord, je suis le dernier à qui il falloit vous adresser.

LORD SPARKLE.

Ne soyez pas ridiculement délicat. — Vous êtes le seul à qui j'ose confier pareil secret.

BEAUCHAMP.

D'abord que vous l'exigez, je m'y soumets, & m'acquitterai fidelement de votre commission. (*à part.*) J'aurai le plaisir de la voir; ah, mon cœur! à quel affreux combat je t'expose. (*Il sort.*)

LORD SPARKLE.

Ha! ha! ha! ha! — il a la présomption de l'aimer. — Ma confiance punit son audace.

UN LAQUAIS.

La femme-de chambre de Miss Manners demande à parler à Milord.

LORD SPARKLE.

Qu'elle entre. (*le Laquais sort.*) — J'avois tout-à-fait oublié cette affaire, je veux de nouveau m'en occuper. — Avoir Lady Bell pour femme, & son amie pour maîtresse, cela ajoutera de l'éclat à ma réputation.

SCENE II.

LORD SPARKLE, KITTY,

LORD SPARKLE.

QUELLES nouvelles, ma chere Kitty? Comment gouvernez-vous la raisonnable Julie?

KITTY.

Elle est toujours insensible aux éloges que je fais de vos tendres sentimens pour elle; j'ai beau lui parler de votre mérite.....

LORD SPARKLE.

De mon mérite! Ha! ha! ha! ha! & pourquoi pas de ma vertu? — Pauvre imbécile! Parlez plutôt de mon élégance, de ma prodigalité, de mes habits, de mes chevaux, de mon jeu, que je me suis presque ruiné, en donnant des rentes viagères à mes maîtresses. — Va-t-on parler d'affection, de bonté dans notre siècle; on attrape des vieilles prudes, & non pas nos jeunes *Misses* avec de tels appas.

KITTY.

Croyez-vous, Milord, que les défauts plaisent aux Dames.

LORD SPARKLE.

Défauts! morale d'anti-chambre. — Tu n'as guères profité de mes leçons; ne t'ai-je pas dit que ton sexe a la rage d'exciter la jalousie ? La plus raisonnable d'entre vous sacrifieroit toutes ses amies au plaisir d'avoir la préférence. — Retourne chez toi, étudies-y mes maximes, & si par hasard tu as le bonheur, chemin faisant, d'apprendre quelque histoire scandaleuse ou galante, instruis-en ta maîtresse, & fais-moi le plaisir de m'en faire le héros.

KITTT.

Mais si Miss *Manners* en instruit Lady Bell, pour l'avertir que.....

LORD SPARKLE, *nonchalamment.*

Pour l'avertir ! Notre attachement méprise ces petites précautions, nous sommes convenus d'en rire. — Je songe à l'hymen de Lady Bell, parce qu'elle est la femme la plus élégante de Londres, & j'offre mes hommages à Julie, parce qu'il est du bon ton d'avoir des Demoiselles au lieu de grisettes pour maîtresses.

KITTY.

C'est donc ce noble motif, Milord, qui vous a engagé à corrompre à si haut prix ma fidélité.

LORD SPARKLE.

Il entre un peu de vengeance dans mon projet. — Quoique son Tuteur ait *l'honneur* de m'appartenir, il me refuse tout crédit auprès de son banquier ; ne pouvant pas me servir de son or, j'aurai le plaisir de le faire enrager.

KITTY.

J'en suis bien aise, Milord. Connoissant à présent vos intentions, j'agirai en toute conscience. — Depuis long-temps je cherchois à punir M. Fitzherbert, il fut bien près un jour de me faire renvoyer, sous prétexte que j'avois trop peu de scrupules. — Ho! nous voici de pair, &......

SCENE III.

Les précédens, BELVILLE.

LORD SPARKLE.

QUEL bonheur, mon cher Belville! (*à part à Kitty.*) Passez dans la pièce voisine, je vous parlerai dans un moment. (*Elle sort.*) — *à Belville.*) Vous voici donc de nouveau dans ce tourbillon d'affaires & de plaisirs?

BELVILLE.

Pour un instant. — Mais ne renvoyez donc pas cette Dame.

LORD SPARKLE, *en riant.*

Ne vous en inquiétez pas: *cette Dame* est la très-humble suivante d'une fort jolie femme. — Vous savez sans doute que j'épouse Lady Bell: comme nous étions elle & moi le couple le plus élégant de la capitale, cela devoit nécessairement arriver.

BELVILLE.

Assurément.

LORD SPARKLE.

Dès que nous serons mariés, je me propose de m'attacher à son amie. — Que dites-vous de ce projet ? — N'est-ce pas un coup hardi ?

BELVILLE.

Vous n'existez que par de pareils coups.

LORD SPARKLE.

Je déteste la vie uniforme de nos ancêtres; l'homme sensé a sa routine, l'homme de génie trouve mille moyens de se distraire.

BELVILLE.

Son génie même sert d'excuse à ses défauts. — On lui suppose un esprit trop élevé pour se conformer aux règles communes du bon sens & de la décence. Voilà comme l'on se fait une réputation. — Mais vous allez sans doute sortir; cette toilette annonce de grands desseins.

LORD SPARKLE.

Il n'en faut pas juger par la parure; les femmes d'aujourd'hui ne donnent plus dans ce foible panneau. — J'ai eu d'abord le projet d'aller au Parlement, mais je vais à la Cour; une présentation de

Demoiselles m'y a déterminé: j'aime à jouir de leur embarras, & à les voir rougir pour la derniere fois: — venez-y avec moi.

BELVILLE.

Il est trop tard pour m'habiller. — D'ailleurs j'ai consacré ma journée aux aventures; je parcours la ville pour observer quelles nouvelles beautés y brillent depuis mon absence. En traversant *pele-mêle* (1), j'y ai vu des *brunes*, des *blondes*, des *chataines*, dont les charmes eussent attendri le cœur d'un stoïcien, rien n'auroit pu me garantir de leurs coups, si je n'eusse été occupé du souvenir d'une beauté absente.

LORD SPARKLE.

S'occupe-t-on des absents! — Une femme n'a pour moi de mérite, qu'autant que je la vois. — Puis-je vous jetter quelque part?

BELVILLE.

Non: — je vois votre écritoire, permettez-vous que j'écrive deux mots à Beauchamp?

(*Belville écrit.*)

LORD SPARKLE.

Sans doute; je viens d'écrire en sa faveur, à mon homme d'affaires; je voudrois l'engager à lui payer

(1) Nom d'une rue près de la cour.

sa petite rente. — J'en ai pitié ; — mais comment faire ! On est obligé d'employer le produit de cinquante arpens de terre à un habit, & le loyer de toute une ferme à une paire de boucles. Adieu, je te laisse le maître ici. *(Il sort en chantant.)*

BELVILLE.

Adieu, — mes complimens aux Démoiselles qui rougissent.

SCENE IV.

BELVILLE *continue d'écrire*, KITTY *traverse le Théatre, & passe devant lui.*

KITTY.

MILORD m'oublie, je le suivrai.

BELVILLE *se lève.*

Voici la confidente. — Écoutez, ma belle Demoiselle ! à qui appartenez-vous ?

KITTY.

A ma maîtresse, Monsieur.

BELVILLE.

Qui est-elle ?

KITTY.

Une Dame.

BELVILLE.

Son nom ?

KITTY.

Celui de son pere, je crois.

BELVILLE.

Votre maîtrssse est-elle aussi jolie que vous ?

KITTY.

Elle l'est davantage, je m'imagine, puisqu'elle me garde à son service.

BELVILLE.

Vous excitez ma curiosité; je donnerai tout au monde pour savoir son nom.

KITTY.

Savez-vous épeller ?

BELVILLE.

Oui.

KITTY, *en s'en allant.*

Hé bien ! l'alphabet vous en instruira.

BELVILLE.

Vous ne vous en irez pas sans satisfaire ma curiosité.

KITTY.

A quoi sert de me questioner, vous la connoissez aussi bien que moi; vous en avez parlé avec Lord Sparkle; — mais il faut que je m'en aille, je dois passer chez M. Fitzherbert.

BELVILLE.

Fitzherbert?

KITTY.

Oui: ignoriez-vous qu'il est son tuteur?

BELVILLE.

Quoi! Fitzherbert de Cambridge-Shire est le tuteur de votre maîtresse?

KITTY.

Lui-même; & pour que vous en soyez convaincu, c'est ce vieux vilain podagre qui fait enrager tout le monde. Adieu.

(*Elle sort.*)

BELVILLE.

Une telle créature est chez la pupille de Fitzherbert! Et Lord Sparkle, d'accord avec elle, ne rougit pas de ses desseins criminels! — Je ne reviens pas de ma surprise. —Voilà cependant celle dont mon ami m'a offert la main ce matin. — Il faut l'avertir. — Milord blâmera ce zèle; mais j'aime mieux m'exposer à ses reproches, que de manquer à la reconnoissance & l'honneur. (*Il sort.*)

SCENE V.

Le Théatre représente un Appartement chez Lady BELL BLOOMER.

FITZHERBERT, *suivi d'un Laquais.*

AVERTISSEZ Miss *Manners*, je l'attends ici. (*Le Laquais sort.*) Je ne puis sérieusement me fâcher contre Julie, mais avant de l'instruire de son bonheur, je veux un moment la contrarier. (*Vers les coulisses.*) M. Pendragon? entrez, je vous prie.

SCENE VI.

FITZHERBERT, PENDRAGON, *vêtu en petit maître.*

PENDRAGON.

QUOI! la Demoiselle occupe cette belle maison?

FITZHERBERT.

Oui; je vous ai promis de vous présenter, mais je ne réponds pas que vous lui plaisiez; ce succès dépend du brillant de votre esprit.

PENDRAGON.

Laissez-moi faire, j'aurois soin d'être fort aimable. — J'ai prévu ce qui m'arrive: si sa bourse est bien garnie, d'abord après mon mariage j'enverrai la belle en *Cornwall*, je me moquerai de Lord Sparkle, & je serai moi-même le représentant du bourg (1).

FITZHERBERT, *ironiquement.*

Vous ajoutez le courage à vos bonnes qualités.

PENDRAGON.

Courage! personne n'en a jamais douté. J'ai battu notre collecteur de l'Accise; j'ai eu un procès avec notre Curé, & pour preuve que je n'ai pas laissé ma bravoure dans *notre* province, j'ai fait payer l'amende (2) à un cocher de fiacre, qui m'avoit insulté.

FITZHERBERT.

Ce dernier trait est fort courageux; — mais voici la Demoiselle.

(1) Les membres du Parlement jouissent d'une grande considération dans la province.

(2) Cinq guinées d'amende, on la paye rarement; la pétulance angloise se venge pas par les voies de fait.

SCENE VII.

Les précédens, JULIE.

FITZHERBERT.

VOICI ma pupille, Monsieur. — Je ne doute pas qu'elle ne reçoive vos hommages aussi *favorablement* que je le désire.

PENDRAGON.

Votre serviteur, Madame. (*à part.*) Elle a l'air diablement refrognée.

JULIE, *à part.*

Ah ciel ! je n'ai pas la force de me soutenir.

FITZHERBERT.

Pourquoi cet embarras, ma chere ? Parlez avec Monsieur.

PENDRAGON.

Ho, Monsieur ! je comprends fort bien que dès qu'il s'agit de mariage, les jeunes filles sont un peu honteuses, embarrassées : *& toutes ces sortes de choses !* Mais nous autres gens du *grand monde*, nous corrigeons tout ça.

JULIE, *à part.*

A quel homme m'eût-on sacrifiée !

PENDRAGON.

Votre pupille, je vois, est de la race des femmes

modestes: — élevée dans le *grand monde*, cela m'étonne.

FITZHÉRBERT.

Il s'en trouve de temps en temps quelques-unes un peu timides; mais l'exemple les corrige bientôt.

PÉNDRAGON.

J'avois autrefois le défaut de rougir, « *& toutes ces* » *sortes de choses* »; mais si l'on m'y ratrappe, je donne mon patrimoine pour une pomme.

JULIE.

Votre propos annonce des sentimens différens des miens; je m'apperçois, Monsieur, que nous ne pourrons jamais être heureux ensemble; je regarde la modestie comme la base du mérite, & la crois indispensable dans une bonne éducation.

FITZHERBERT, *à part*.

Elle m'enchante! (*haut.*) Vous maltraitez furieusement mon ami.

PÉNDRAGON.

Elle ne sait ce qu'elle dit, mais je l'instruirai. Écoutez, Miss! — à ce que je vois, vous ne connoissez pas les gens du grand monde; ils n'ont pas besoin de tout ce fatras de mérite dont vous parlez; pourvu qu'ils aient bon air, beaucoup d'assurance, & de belles dents.... (*Il montre les siennes.*)

JULIE.

Ajoutez-y les manières honnêtes.....

PENDRAGON.

Dites plutôt le *bon goût*, & je vous le passerois; mais on peut s'en dispenser, celui de nos amis y supplée; ils meublent notre maison, forment notre bibliothèque, choisissent nos tableaux, & nous apprennent à les critiquer. — La critique s'apprend aisément, depuis que tout le monde s'en mêle.

FITZHERBERT.

Vous voyez, ma chere amie, que M. Pendragon n'est pas un sot; je vous laisse un instant avec lui, il pourra mieux déployer tous ses talens. — Souvenez-vous que si vous *refusez l'époux* que je vous destine, je renonce à jamais à votre amitié. (*à Pendragon.*) Conduisez-vous avec prudence, je vais vous attendre en bas. (*à part.*) La bonne punition!

(*Il sort.*)

PENDRAGON, *à part.*

Éblouissons-là par mon aisance (*haut.*) Il paroît Miss, que le projet de votre tuteur est que nous soyons, ce qu'on appelle vulgairement mariés.

JULIE.

Ne redoutez-vous pas un état si dangereux? —Savez-vous quels sont les devoirs d'un époux?

PENDRAGON.

Si je le sais? La belle demande? — Mais vous, savez-vous quels sont ceux d'une femme?

JULIE.

Oui, Monsieur; je plains bien celle qui sera la vôtre. — Elle rougira de vous en public, gémira de son sort en particulier, & tandis que vous lui percerez le cœur, vous jouirez de sa douleur.

PENDRAGON.

Peste? Il paroît que Madame n'est pas mal bavarde. — Ho! ho! — je m'apperçois que je serai bien arrangé, & que notre intimité sera fort vive.

JULIE, *avec mépris.*

Notre intimité! Ne comptez pas sur cet honneur: s'il étoit possible que je fusse à vous, je me regarderois comme la plus malheureuse de mon sexe.

PENDRAGON.

Vous seriez comme toutes les autres; je n'en connois aucune qui soit heureuse.

JULIE.

Quoi! vous vous proposez de former des liens, où la délicatesse, les sentimens, & la douceur sont indispensables.

PENDRAGON.

J'ignore tous ces grands mots; — je suis bien sûr que tout ça n'existe pas dans le *grand monde.*

JULIE.

Je ne conçois rien au caprice de mon tuteur; allez lui dire, Monsieur, que tout état me paroît préférable à celui de m'unir à l'homme dont les vices sont l'effet de la folie, & dont la folie est aussi méprisable que les vices. *(Elle sort.)*

PENDRAGON.

J'aurois soin de l'en instruire. Morbleu! c'est un esprit fort: tant mieux! j'en aurois plus de plaisir à la dompter. Une femme soumise enlève à l'époux le droit d'en exiger l'obéissance. — Voyons! vices, folie, — parbleu cela me paroît assez drôle! Quelle ignorante! *(Il sort en répétant :)* Quelle ignorante!

SCENE VIII.

JULIE, *elle entre du côté opposé.*

QU'AI-JE fait! Que dira mon tuteur? — Je redoute sa colère. — Je ne pourrai jamais soutenir ses regards. — Ah, Belville! où es-tu? Viens protéger ta malheureuse épouse. Quel parti prendre.....

SCENE IX.

JULIE, KITTY.

KITTY.

AH, ma chere maîtresse! votre douleur me perce l'ame. — Si j'avais un pareil tuteur, je le fuirois bien vîte.....

JULIE.

Ah, Kitty! tu devine mon dessein; il me faut pour quelques jours un asyle dans une maison honnête; ne m'as-tu pas dit qu'une de tes parentes loue des appartemens garnis?

KITTY.

Oui, Madame; il n'y en a pas de plus beaux à Londres.

JULIE.

Je ne demande point d'élégance, je n'ai besoin que de tranquillité.

KITTY.

Vous avez raison, Madame.

JULIE.

Mais Kitty, comment oserai-je embrasser un parti si violent!

KITTY.

La tyrannie de votre tuteur l'excuse..... N'hésitez pas, Madame; partons avant que Lady Bell soit de retour.

JULIE.

Ah ciel! que dira-t-elle de cette démarche?

KITTY.

Dès qu'il s'agit du bonheur de sa vie, on ne consulte personne.

JULIE.

Cette démarche m'afflige, & cependant me paroît nécessaire. (*à part.*) Comment déclarer mon hymen? Je ne puis, ni ne l'ose; fuyons les reproches d'un tuteur courroucé, & les hommages d'un amant qui m'est odieux.

(*Elle sort.*)

KITTY.

Il y a du mystère: cela doit être. — Si les Dames n'avoient pas de secrets, que seroit l'emploi d'une suivante. — J'ai aussi mes secrets, Lord Sparkle les expliquera.

(*Elle sort.*)

SCENE X.

Le Théatre représente un Appartement dans la maison de CLARINDE.

CLARINDE, *rencontrant* LADY BELL.

LADY BELL.

AH, ma chere amie! quelle plaisante aventure me conduit chez vous. — Ma voiture traversant rapidement la rue, rencontre Lady Whipcord dans son *phaëton* (1) à six chevaux: elle les conduisoit; lâchant un serment de macquignon, & donnant un coup de fouet de cocher, elle entrelace avec une dextérité étonnante les traits de ses chevaux dans les miens: aussi-tôt une dispute violente s'élève entre elle & mes gens, on s'échauffe, & l'on est bien près d'en venir aux voies de fait: ne voulant pas m'en mêler, je suis sortie de voiture, & me réfugies chez vous, en attendant qu'elle vuide sa querelle avec mon cocher. — Pourquoi n'êtes-vous pas venue à la Cour?

CLARINDE.

J'avois la migraine. (*à part.*) J'enrage! Elle est

(1) Voiture ouverte à quatre roues, fort élevée & très-légere; les femmes en ont généralement des fort basses, dans lesquelles elles se promenent le matin en hyde park.

mieux que jamais. (*haut.*) Donnez - moi quelques nouvelles de ce pays-là?

LADY BELL.

C'est toujours la même répétition; les femmes fort brillantes, & les hommes fort maussades.—Convenez que l'usage anglois les rends bien insipides. — Ils sont membres des *Clubs* par politique, & membres du Parlement par amusement: ils réservent tout leur agrément pour l'un, & tout leur esprit pour l'autre.

CLARINDE.

N'est-ce pas de même à Paris?

LADY BELL.

Ah, ma chere! quelle différence. — Tandis que nous nous efforçons d'imiter gauchement la folie des François, nous négligeons de copier leur amabilité. — Esclaves des femmes, ils empruntent leur esprit & leur jugement de notre sexe: tout se décide à Paris à ce Tribunal: c'est dans le cabinet de la Duchesse ou de la Marquise, que se forment le guerrier, le politique & l'homme de lettres: pendant qu'on fait la cour à la semillante Comtesse, elle fixe le goût & rend philosophes un cercle d'Evêques, de Guerriers & d'Abbés.

CLARINDE.

Quoique vous accordiez l'avantage aux François, votre cœur néanmoins préfere les Anglois. Milord Sparkle.....

LADY BELL, *en riant.*

Est adorable.

CLARINDE.

Vous l'écoutez......

LADY BELL, *en riant.*

Avec plaisir; — il me procure la satisfaction d'être enviée. — Vous-même, ma chere; si je l'épousois, vous seriez peut-être tentée d'empoisonner mon bouquet de noces.

CLARINDE, *avec un sourire forcé.*

La bonne plaisanterie! Croyez-moi, Madame, je ne songerai guères à troubler votre hymen.

LADY BELL, *à part.*

Je sais le contraire. (*haut.*) Regardez ma chere, voici cet objet charmant.

CLARINDE, *fort émue.*

Lord Sparkle! — votre accident me paroît fort heureux, Madame.

SCENE XI.

Les précédens, LORD SPARKLE.

LORD SPARKLE.

IL n'y a pas moyen de vous suivre, Madame; vos chevaux vont aussi vîte que l'éclair.

CLARINDE.

Si Madame a emporté le prix de la course, vous voyez qu'elle s'arrête au but.

LORD SPARKLE.

Vous flattez trop mon cœur; — mais où a été Lady Bloomer Jeudi dernier?

LADY BELL.

Chez Lady *Laurel;* j'y trouvai tous les *Littérateurs* de l'Angleterre. —Nous avions des *maîtres-ès-arts*, & des *Misses en sciences.* D'un côté étoit un *faiseur d'essais;* de l'autre un *moraliste;* ici étoit placé un *poëterau*, là un *traducteur;* dans ce coin un *philosophe*, dans l'autre un *compilateur* de journaux: les épigrammes, les bons mots, les syllogismes voloient comme autant de fusées; le démon de l'ambition enflamma bientôt tous les esprits; on raisonna, on disputa, & l'on finit par se donner avec grace le démenti littéraire.

LORD SPARKLE.

Je n'oublierai pas ce plaisant récit; il faut en régaler quelques cercles qui en goûteront le piquant.

CLARINDE.

Vous êtes sûr d'être par-tout applaudi; la satyre plaît à tout le monde.

LADY BELL.

Elle intéresse, parce qu'elle fait rire. —Que seroit la société sans un peu de médisance?

LORD SPARKLE.

Elle seroit insoutenable. (*Un Laquais lui remet un billet.*) Permettez-vous, Mesdames. (*Il lit.*)

« Julie »! Kitty va vîte en besogne. (*Il s'approche.*) Les affaires sont la mort du plaisir : elles devroient se réserver pour des cadets, ou des humbles parens. — Miss Belmour ! il faut s'arracher d'ici ; — donnerai-je la main à Milady ?

LADY BELL,

Volontiers. « Miss Belmour ! il faut s'arracher » d'ici ». — Je me flatte de voir briller ce soir vos charmes chez moi.

(*Elle sort avec Lord Sparkle.*)

CLARINDE,

Mes charmes ! elle est assez présomptueuse pour en douter. — Que faut-il que je pense de leurs sentimens, — Leur attachement est tout au plus formé par la vanité. Comment m'en instruirai-je ? — Le froid, Beauchamp, est le confident de Sparkle..... Mais il part ce soir.... Il n'est guères probable que j'aie occasion de le voir. (*Elle rêve.*) Il n'y a qu'un moyen !.... passons chez lui.... Quelle folie ! — S'il avoit une bibliothèque, le prétexte d'un livre sert plus d'une femme. — Arrive ce qu'il pourra, je veux me satisfaire : si l'excuse manque, la hardiesse y suppléera. (*Elle se promene.*) Mais si l'on sait cette démarche..... N'importe ! il faut tout risquer, le succès dépend souvent d'un peu de témérité.

Fin du troisième Acte.

ACTE IV.

Le Théatre repréſente un appartement dans la maiſon de LADY BELL.

SCENE PREMIERE.

LADY BELL, *ſuivie de ſa* FEMME DE CHAMBRE.

QUOI! Miss *Manners* est sortie en fiacre, & n'a laissé aucun message?

LA SUIVANTE.

Non, Madame.

LADY BELL.

Cela me paroît bien singulier.

LA SUIVANTE.

M. Beauchamp vous attend depuis une heure.

LADY BELL.

M. Beauchamp! Mettez de l'essence de roses sur ce mouchoir. (*la Suivante sort.*) — Cette visite de cérémonie annonce quelqu'affaire importante. — Je déteste cet appareil imposant. — Le recevrai-je! — Peut-être a-t-il surmonté sa timidité.... Il vient sans doute pour..... pour..... Je suis décidée de ne pas l'écouter. — Je ne serois cependant point fâchée d'entendre comment ces hommes modestes parlent le langage de l'amour.... Je me défie de mon cœur.... (*la Suivante rapporte le mouchoir.*) Faites entrer M. Beauchamp. (*la Suivante ſort.*) — Sur quel ton le recevrai-je ? Celui de la dignité l'embarrassera.

(*Elle prend son évantail, & se promene en fredonnant une chanson.*)

SCENE II.

LADY BELL, BEAUCHAMP.

LADY BELL.

VOUS venez à propos pour décider une dispute.... Regardez la peinture de mon évantail ; l'on m'a soutenu que cette belle Nymphe est une Daphnis, & moi je la crois plutôt Atalante ; qu'en pensez-vous, Monſieur ?

BEAUCHAMP.

La crainte accélérant la rapidité de sa fuite, me fait supposer, Madame, que c'est Daphnis : Atalante moins sévère, jetteroit un regard favorable sur celui qui la poursuit.

LADY BELL.

Vous avez raison.... il lui manque.... cet air.....

BEAUCHAMP.

Qui console un amant. — Je connois une personne,..... vous le fuyez comme Daphnis.... Quelle seroit sa félicité, s'il découvroit dans vos yeux..... l'encoùragement d'Atalante.

LADY BELL, *à part.*

Il ne débute pas mal.

BEAUCHAMP.

Permettez-moi, Madame, avant de quitter l'Angleterre..... C'est probablement la derniere visite que je vous fais, Madame.

LADY BELL.

Hé bien, Monsieur?

BEAUCHAMP, *fort agité.*

Un homme de ma connoissance,.... attend son bonheur..... de vous, Madame.

LADY BELL, *à part.*

Il dévient dangéreux. (*Haut en regardant son évantail.*) De moi, Monsieur?

BEAUCHAMP.

Oui, Madame:.... &.... &.... (*à part.*) Je ne puis achever.

LADY BELL, *à part.*

Son embarras annonce peu d'usage. (*Haut.*) Votre ami a choisi un avocat bien timide.

BEAUCHAMP.

Sa commission..... me chagrine.

LADY BELL, *en souriant.*

Je plaiderois mieux que vous.

BEAUCHAMP.

Je n'en doute pas, Madame.

LADY BELL.

Vous vous exprimerez peut-être mieux en me parlant en votre nom. Essayez. (*Elle rit.*) Supposons.... Cette supposition nous divertira.... Que je vous plaise;.... comment me le diriez-vous?

BEAUCHAMP, *il se jette à ses pieds.*

Je vous jurerois que vous m'êtes aussi chère que la gloire & l'honneur; que vous voir & vous aimer, quoique sans espoir..... fait toute ma félicité.

LADY BELL, *à part.*

J'étois sûr d'arracher cet aveu.

BEAUCHAMP, *à part en se levant.*

L'amour me fait oublier la reconnoissance. (*Haut.*) C'est ainsi, Madame, que s'exprime mon ami, & qu'il vous parle par ma bouche.

LADY BELL, *à part.*

Qu'entends-je ! (*Haut.*) Votre ami, Monsieur? Nommez-moi, je vous prie, l'audacieux qui ne rougit pas de vous faire l'interprete de son cœur.

BEAUCHAMP.

Lord Sparkle, Madame.

LADY BELL.

Lord Sparkle ! — C'étoit pour lui que vous vous êtes jetté à mes pieds ? (*BEAUCHAMP répond par un salut.*) Vous me forcez de convenir.... (*à part.*) Ah ciel ! je vais me trahir..... (*Haut.*) Repondez-moi franchement : — Seriez-vous bien aise d'avoir réussi ?

BEAUCHAMP, *embarrassé.*

La reconnoissance.... les liens du sang.... la confiance....

LADY BELL.

J'en ai tant en votre candeur, qu'il faut vous avouer..... que je soupçonne..... n'être pas indifférente à un homme..... bien différent de Lord Sparkle.... Informez-en Milord..... & dites-lui que.... que.... Dites-lui, Monsieur, tout ce qu'il vous plaira.

BEAUCHAMP, *à part.*

Si j'osois en croire ses regards.

LADY BELL.

Venez me voir ce soir, vous y verrez celui que mon cœur préfére. (*BEAUCHAMP la salue, va jusqu'à la porte, revient, fait des efforts pour parler, mais sa timidité l'en empêche ; il la salue de nouveau, & sort.*) Ah! Dieux ! l'amour n'a pas besoin de parler. Quelle éloquence dans cette timide irrésolution ! — Le laisserai-je partir ? Hé ! quoi, renoncer à Lord Sparkle, pour Beauchamp ! la vanité s'écrie quelle folie ! — Mais, que me dit l'amour ? je ne le comprends pas bien. — Ah ! interrogeons-le, & décidons cette grande queſtion avec tout le jugement d'une femme de vingt-quatre ans ?

(*Elle sort.*)

SCENE

SCENE III.

Le Théatre représente un appartement dans la maison de LORD SPARKLE.

JULIE, KITTY.

JULIE.

JE suis tellement agitée, qu'à peine je respire. (*Elle se jette dans un fauteuil.*) — Quelle imprudence ! Pourquoi ne m'avez-vous pas arrêtée ?

KITTY.

Vous ne ferez jamais rien de plus sage, ni de plus prudent. — Ne faut-il pas qu'une jeune personne comme vous, soit continuellement grondée & contrariée par un vieux vilain Tuteur.

JULIE.

Hélas ! — Mais Kitty, ces appartemens n'annoncent pas la demeure d'un bourgeois : je demandois une retraite plus simple, où je pusse vivre ignorée.

KITTY.

Vous vivrez ici à votre fantaisie, Madame. (*On frappe violemment à la porte de la rue.*) Voici, sans doute, ma cousine, je vais vous l'envoyer.

(*Elle sort.*)

JULIE.

Je sens plus que jamais mes torts. — Mais que vois-je ! Lord Sparkle ici.

SCENE IV.

JULIE, LORD SPARKLE.

LORD SPARKLE.

Ah ! ma chère Julie, si vous saviez tous les sacrifices que je vous fais, vous m'en sauriez gré.

JULIE.

Ce langage m'étonne autant que votre visite, Mylord.

LORD SPARKLE.

Il n'y a rien de surprenant de me voir chez moi.

JULIE.

Chez vous?

LORD SPARKLE.

Sans doute : l'amour & les plaisirs y vont sans cesse voler sur vos pas.

JULIE.

Ah ! Dieux ! l'infâme Kitty m'a trahie.

LORD SPARKLE.

De quoi vous plaignez-vous : ce n'est que changer de Tuteur, ma chère amie ?

JULIE.

Osez-vous, Mylord.....!

LORD SPARKLE.

Ces détours sont ridicules. N'avez-vous pas préféré ma maison à tout autre asyle ? Votre confiance m'honore, je tâcherai de n'en point abuser.

JULIE, *fait quelques pas vers la porte.*

Je ne veux plus vous écouter.

LORD SPARKLE, *l'arrête.*

Vous n'y songez pas : quoique la jeunesse excuse cette crainte, je ne vous passerai cependant pas ces petits caprices.

JULIE.

Quelle indignité !

SCENE V.

Les précédens, BEAUCHAMP.

JULIE.

AH ! M. Beauchamp ! protégez-moi ; je suis la victime de la plus affreuse trahison.

BEAUCHAMP.

Quoi ! Miss Manners ici ! Ne craignez rien, Madame ; je vous défendrai aux dépens de mon sang.

LORD SPARKLE.

Point de vos rodomontades mon pauvre George ; cette aventure n'est qu'une plaisanterie du dix-huitième siècle, elle passe votre intelligence. — Miss a eu fantaisie de me faire une visite, je vous prie de ne pas vous en méler.

JULIE.

Ne rougissez-vous pas Mylord....

BEAUCHAMP.

Tranquillisez-vous, Madame.

LORD SPARKLE, *il tire Beauchamp à l'écart.*

Ne sois pas dupe, mon cher: toutes ces grimaces ne sont qu'un jeu, pour ménager sa réputation.

BEAUCHAMP.

Cependant, sa frayeur....

LORD SPARKLE.

N'est qu'une feinte.

BEAUCHAMP.

Je n'en crois rien Milord.....

LORD SPARKLE.

Si vous le prenez sur ce ton, Monsieur, je vous dirois à mon tour, qu'il est étonnant que vous ayez l'audace d'entrer chez moi sans mon aveu.

BEAUCHAMP.

Ce n'est pas le moment de nous expliquer, Milord. — Je rends grace à la commission dont vous m'avez chargé, elle me fournit l'occasion d'empêcher un projet odieux.

LORD SPARKLE, *avec orgueil.*

M. Beauchamp !

BEAUCHAMP, *fieremente.*

Milord Sparkle ! — Je suis à vos ordres, Madame ; j'aurai l'honneur de vous accompagner chez vous.

JULIE.

Hélas, Monsieur ! je n'ose y retourner ; des raisons importantes m'ont obligé de fuir la maison de Lady Bell : espérant de me retirer dans un asyle assuré, l'on m'a perfidement conduite chez l'indigne Lord Sparkle.

LORD SPARKLE.

Vous flattez-vous d'enlever impunément Mademoiselle d'ici ? Souvenez-vous.....

BEAUCHAMP.

Qu'il est du devoir de l'honnête homme de protéger l'innocence.

LORD SPARKLE.

Vous oubliez sans doute.....

BEAUCHAMP.

Je sais que la reconnoissance, Milord, ne m'oblige pas à souffrir vos mépris.

(Il sort en donnant la main à Julie.)

LORD SPARKLE.

Fort bien, Monsieur, fort bien. — Mais, mais, il est assez plaisant de voir un *ancien Héros* aux prises avec un *moderne Adonis.* — C'est *Alexandre* dans la tente de *Darius*, ou *Scipion* & la belle *Parthésie.* Le pauvre garçon ne connoît que les mœurs du temps des *Olympiades.*

UN LAQUAIS.

M. Pendragon.

LORD SPARKLE.

Qui?

LE LAQUAIS.

M. Pendragon & sa sœur.

LORD SPARKLE.

Conduis-les à l'office; qu'on leur donne des gâteaux, des confitures, & des.....

SCENE VI.

LORD SPARKLE, PENDRAGON, SOPHIE, *Pendragon lui donne la main.*

LORD SPARKLE.

AH ma chere Miss Pendragon ! quel bonheur de vous voir chez moi : plaignez mon malheur ; des affaires importantes me forcent d'aller sur le champ à Whitehall(1).

PENDRAGON.

Il faut, avant tout, régler une petite affaire entre Miss Pendragon & vous.

SOPHIE.

Je t'avertis Bobby, que je prétends en parler moi-même. — En peu de mots, Milord, je vous prie de me dire ce que signifie votre conduite avec moi.

LORD SPARKLE.

Je serois le plus malheureux des hommes si j'avois pu vous déplaire.

(1) Ancien palais des Rois. Cronwell y habita ; l'on voit encore la fenêtre où l'on pratiqua la porte par où l'infortuné Roi Charles premier passa le jour de son exécution ; elle étoit de plein-pied avec l'échaffaud.

SOPHIE.

Ho ! dès que vous m'assurez que vous êtes malheureux, je suis contente. — Dites, Milord s'il convient à des gens aux termes où nous sommes, d'être si long-temps sans nous voir ?

LORD SPARKLE, *à part.*

Que signifie ce propos ?

SOPHIE.

Quoi ! pas une lettre, — pas un billet doux, — ne pas seulement songer à corrompre la servante, & à l'engager de me donner furtivement de vos nouvelles ? — Mais ce qui me paroît encore plus surprenant, pas une plainte, quoiqu'il y ait cinq jours que vous ne m'avez vu.

LORD SPARKLE.

Si vous saviez tout ce que j'en ai souffert.

SOPHIE.

Que ne m'en avez-vous fait avertir ? c'étoit justement ce que je désirois ; j'eusse été fort heureuse, sachant que vous ne l'étiez pas.

PENDRAGON.

Fort bien, Miss Pendragon, fort bien ; vous me faites perdre la plus belle occasion du monde de me signaler. — Je venois vous donner un défi, Milord.

LORD SPARKLE.

Un défi ?

PENDRAGON.

Oui, un défi. — Miss Pendragon m'avoit dit que vous l'aviez offensée : hé bien, lui ai-je répliqué, j'en demanderai *satisfaction*. J'aurois été fort aise d'avoir un duel avec vous ; *défier* un *Lord* m'eût distingué le reste de ma vie. — Enfin vous voilà d'accord.

SOPHIE.

Tu ne sais ce que tu dis, Bobby : d'accord ! M'a-t-il parlé du douaire ? des diamans ?

LORD SPARKLE.

Vous avez sans doute le projet de vous divertir à mes dépens.

SOPHIE.

Mais vous n'ignorez pas, Milord, qu'il est d'usage d'arranger tout cela d'avance.

LORD SPARKLE.

D'avance, de quoi ?

SOPHIE.

Belle demande ! avant le mariage.

LORD SPARKLE.

Ha ! ha ! ha ! ha !

SOPHIE.

N'allez-vous pas nier à présent, que vous avez

eu le dessein de m'épouser? Ho! j'ai vingt preuves qui toutes justifient que vous m'avez fait la cour.

PENDRAGON.

Elles sont aussi frappantes, que vos talons rouges Milord. — Allons, Miss Pendragon; prouvez, je vous soutiendrai.

SOPHIE.

Premierement, Milord, n'avez-vous pas un jour placé un bouquet dans mon sein, & ne m'avez-vous pas dit: « ah! je voudrois être aussi heureux que » ces roses ». *Sir Harry Hargrave* tient le même propos à Miss *Woodville*. — Ne m'avez-vous pas dit une autre fois « que j'étois une fille adorable, » & que je vous enchantois ». C'est ce que dit exactement le Colonel *Finch* à *Lady Lucy Lustre*; — & puis un autre jour vous m'avez dit encore: « ah que » ces belles tresses orneroient une couronne ». Lord *Rosehill* dit la même chose à Miss *Danvers*; — Tous ces couples, Milord, se sont cependant épousés.

LORD SPARKLE.

Cela se peut: je n'en ai jamais entendu parler. Où demeurent-ils?

PENDRAGON, *il s'avance fierement vers lui.*

Belle question! dans notre province.

SOPHIE.

Tu te trompes, Bobby; dans le *Libertin corrigé*,

les *amans constans*, Sir *Charles Grandison* & *Roderic Random*, ou *Roderic* du *hasard*.

PENDRAGON.

Oui, oui, Monsieur, ils vivent au *hasard* chez *Sir Charles Grandison*. — Les connoissez vous à présent?

LORD SPARKLE.

Ha! ha! ha! ha! (*à Sophie.*) vous êtes un joli petit Avocat; si ce *Sir Charles Grandison* présidoit à notre plaidoyer, vous établiriez vos preuves en certitudes. Quel dommage qu'il n'ait point été *Juge mage*. Il méritoit d'occuper cette charge.

PENDRAGON.

Comment Miss Pendragon, vos preuves ne sont pas fondées sur les exemples des gens du bon ton? Êtes-vous assez imbécile d'ignorer ce que nous autres gens du grand monde, appellent *lieux communs*?

SOPHIE, *étonnée.*

Lieux communs!

PENDRAGOH.

Oui: nous autres élégans, nous ne parlons plus que par *hyperboles*.

SOPHIE.

Qu'est-ce que tout cela veut dire?

PENDRAGON.

Cela veut dire..... cela veut dire.... c'est à-peu-près une equivoque.

SOPHIE.

Comment Milord! votre conduite avec moi étoit donc une équivoque ?

LORD SPARKLE.

Je n'aurois jamais osé prendre cette liberté; j'eusse été trop heureux si j'avois pu.... (*à part.*) mesurons nos termes. (*haut.*) Je vous assure Miss, qu'en toute occasion..... je serai votre.... très-humble serviteur. (*en s'en allant.*) Existe-t-il deux plus grands imbéciles !

SOPHIE, *en pleurant.*

Quoi ! il est parti ? Ah le monstre ! le perfide ! il m'abandonne ! il me rebute ! — Tout Cornwall le saura.....

PENDRAGON, *en sanglottant.*

(1) Les *mines d'étain*.... les troupeaux.... & tout le rivage.... Ne pleurez pas, Miss Pendragon.... ne.... pleurez.... pas...

SOPHIE, *en sanglottant.*

Ho !.... je suis.... méprisée...

PENDRAGON.

Tant mieux. — Attends ! attends ! je le défierai, me battrai, le tuerai, & l'on ignorera en Cornwall

---

(1) La province de Cornwall renferme une quantité de mines d'étain fort estimées

le fond de l'affaire. On y dira seulement qu'un Lord a eu un duel en votre honneur, *& toutes ces sortes de choses* ; que ce soit pour ou contre vous, cela revient au même.

SOPHIE.

Aurez-vous réellement ce courage, Bobby ?

PENDRAGON.

Je vous en donne ma parole d'honneur. J'admire Sophie, *l'enchaînement des choses.* —— Je suis parbleu bien aise qu'il t'ait *délaissée*, ceci achevera ma réputation : un homme n'est plus considéré dans la société qu'autant qu'il s'est battu à l'épée, ou tiré son pistolet en l'air (1).

SOPHIE.

Ho, Bobby ! si vous ne lui tirez pas le vôtre au travers du corps, je....

PENDRAGON.

Laissez-moi faire, «*toutes ces sortes de choses*». Allons nous-en bien vîte à la maison, je m'y exercerai contre le poulallier dans la cour, vous tiendrez votre calêche à un bout, pendant que je tirerai à l'autre : si je la manque, je vous permets de dire à tout le monde, que je suis un mauvais tireur.

(*Il sort en donnant le bars à Sophie.*)

(1) Epigramme contre un usage assez fréquent depuis peu d'années; on a connu jusqu'à cinq affaires dans un jour, vuidées aussi héroïquement.

SCENE VII.

L'Appartement de BEAUCHAMP.

JULIE, BEAUCHAMP.

BEAUCHAMP.

Vous serez mieux ici, Madame, & vous pourrez plus tranquillement chercher une demeure plus convenable. — Me donnez-vous quelques ordres à ce sujet?

JULIE.

Je ne sais où j'en suis.... mon imprudence m'accable.... je ne fus jamais plus malheureuse.

BEAUCHAMP.

Consolez-vous, Madame ; — avertirai-je M. Fitzherbert....

JULIE.

Ah, Monsieur ! c'est lui que je fuis.

BEAUCHAMP.

N'avez-vous pas quelqu'autre ami auquel vous osez vous adresser ?

JULIE.

J'en ai un.... Ah, Monsieur! que n'est-il ici? De grace, ne me jugez pas sur les apparences ! ... Si vous saviez.... j'entends du bruit. (*Elle regarde du côté de la scène.)* Ah ciel! c'est Miss Belmour, — la dernière de mon sexe à qui je puisse me confier. Où me cacher?

BEAUCHAMP.

Dans ce cabinet. *(Elle y entre précipitamment.)* Miss Belmour chez moi!

SCENE VIII.

BEAUCHAMP, CLARINDE.

CLARINDE, *en souriant.*

UN homme aussi grave s'étonnera de cette visite. — Je suis piquée que vous ayez oublié de me faire vos adieux; en passant devant votre porte, je viens m'informer du sujet de pareille négligence.

BEAUCHAMP.

Je me félicite de cette faveur, Madame.

CLARINDE.

Treve aux complimens. — Vous allez donc nous quitter! — Vous trouverez bien du changement à votre retour. — Votre ami Lord Sparkle sera sans doute marié, on m'a positivement assuré qu'il épouse Lady Bloomer. — Qu'en pensez-vous?

BEAUCHAMP.

Ma foi, Madame, j'ignore ses projets.

CLARINDE.

J'imagine qu'entre amis on ne se cache rien. — Nous autres femmes, nous sommes très-confiantes, nous n'existons pas sans une confidente; les hommes nous ressemblent sur cet article. — N'allez pas croire que cet hymen m'intéresse; — j'en parle, parce que j'aime Lady Bell.

BELVILLE, *derriere la scène.*

Beauchamp ! Beauchamp !

CLARINDE.

Voilà quelqu'un; — c'est la voix d'un homme ? — je suis très-jalouse de ma réputation; je vais passer dans cette chambre.

BEAUCHAMP *l'arrête.*

Vous ne pouvez.

CLARINDE, *en poussant à la porte.*

Il le faut. — Ha ! il y a du monde.

BEAUCHAMP.

Une affaire malheureuse a forcé un de mes amis de s'y retirer.

CLARINDE.

Porte-t-il un jupon de satin blanc ? — J'y entrerai. *(Pendant qu'elle s'efforce d'entrer, & que Beauchamp tâche de l'en empêcher, paroît Belville.)*

SCENE IX.

Les précédens, BELVILLE.

BELVILLE.

A merveille, mon Capitaine! — Quelle indiscrétion! Je vous croyois meilleur Général; vous devriez au moins prévenir les surprises.

CLARINDE.

Il a beaucoup d'acquis pour soutenir un assaut, mais un second ennemi force le premier à la retraite.

BEAUCHAMP.

N'en croyez rien. — Je suis fâché, Madame....

CLARINDE.

Gardez ces regrets pour celle cachée dans l'autre pièce.

BELVILLE, *en riant.*

Quoi! deux rendez-vous: qui t'auroit soupçonné capable de tant de bravoure.

BEAUCHAMP.

Je vous jure que Madame se trompe; la personne retirée dans cette chambre n'est rien moins que ce qu'elle s'imagine. — Faites-moi le plaisir de vous retirer.

BELVILLE.

C'est mon dessein. As-tu vu Fitzherbert?

BEAUCHAMP.

Non: mais vous le trouverez chez lui.

BELVILLE.

J'y vais; — comptez, Madame, sur le plus grand secret. (*A Beauchamp, le tirant à l'écart.*) Qui est la Dame dans l'autre chambre?

BEAUCHAMP.

Que t'importes!

CLARINDE, *pendant qu'ils causent ensemble.*

Je veux me satisfaire, ne fût-ce que pour me vanger. (*Elle essaye d'ouvrir la porte.*) Elle a mon secret, j'aurai le sien. (*La porte s'ouvre.*)

JULIE, *accourant à Belville.*

Belville! Ah, ciel!

BELVILLE *recule quelques pas.*

Julie!

CLARINDE.

Miss *Manners!* ha! ha! ha! ha!

JULIE.

Mon cher Belville, ne me jugez pas coupable.

BELVILLE.

Fatale découverte!

CLARINDE.

La bonne plaisanterie ! quoi ! la modeste Julie chez le timide Beauchamp ? Ha ! ha ! ha ! Vous ne devriez pas, M. Belville, interrompre cet intéressant tête-à-tête. Ha ! ha ! ha ! ha !

JULIE.

De grace ! écoutez-moi ? ....

BELVILLE.

Perfide !

CLARINDE.

Voilà le mystère dont je voulois m'éclaircir : l'on m'en avoit averti, mais ne pouvant le croire, j'ai voulu m'en instruire.

JULIE.

Cruelle ! (*à Belville.*) Je vous conjure de m'écouter......

BELVILLE.

Non Madame : ... la haine, le mépris succèdent à la plus vive tendresse. — Quand à vous, Monsieur, nous nous parlerons dans un autre moment..... Mais vous ignoriez peut-être...... Qu'allois-je dire ! — Le mot que j'ai prononcé autrefois avec transport, m'étouffe à-présent. — Adieu Julie ! vous ne me reverrez jamais. (*il sort.*)

JULIE.

Ah ! Monsieur ! ah ! Madame ! vous m'avez percé le cœur.

CLARINDE

A votre âge on doit être circonspecte. (*Elle lui prend la main.*) Vous pâlissez. Malgré ses torts, son état m'interresse. Venez, mon enfant? Où vous conduirai-je?

JULIE.

Chez Lady Bell..... Ah! Dieux! je me sens mourir.

CLARINDE.

Adieu Monsieur; soyez dorénavant plus circonspect. (*Elle sort en donnant le bras à Julie.*)

BEAUCHAMP.

Je ne reviens pas de ma surprise. — Mais j'apperçois Lord Sparkle.

SCENE X.

BEAUCHAMP, LORD SPARKLE.

LORD SPARKLE.

QUOI! Seigneur *Don Quichotte!* on vous enlève votre proie, au même instant que vous la tenez? Vous voyez qu'il n'y a pas plus de profit à épouser les querelles des femmes vertueuses, qu'à attaquer les moulins à vent. — Avez-vous vu Lady Bell?

BEAUCHAMP.

Comment, Milord! vous y songez encore? votre dessein sur Miss Manners.....

LORD SPARKLE.

Est un coup de maître, favorable à mes projets. — La vanité d'une femme est flattée des hommages d'un homme dangereux. Voyons : comment suis-je dans cette cour ?

BEAUCHAMP.

Lady Bloomer a fait un choix : — je suis fâché de vous dire, Milord, que ce n'est pas de vous.

LORD SPARKLE.

Et moi je suis bien aise de vous répondre, Monsieur, que vous vous trompez. — Mais, expliquez-moi vos raisons.

BEAUCHAMP.

Elle a un autre engagement. — Je suis invité d'aller ce soir chez elle pour y voir celui qu'elle préfére.

LORD SPARKLE, *fait un grand éclat de rire.*

Cette ingénuité..... me paroît originale..... elle est excellente.... Sa réponse.... est charmante. — Tu es comme la brebis chargée de la *toison d'or ;* tu ne connois pas le prix de cet admirable détour. — C'est *moi*, mon ami : elle m'a spécialement enjoint de me trouver chez elle ce soir : vous m'y *verrez ;* c'est une maniere délicate de vous instruire de son choix.

BEAUCHAMP.

Quoi ! vous croyez.....

LORD SPARKLE.

Rien de plus clair. —Vous autres gens profonds, perdez la tête à la moindre équivoque. Un autre n'auroit pas été la dupe de ce mystère. — Je suis très-content, & jouis d'avance de mon triomphe. — Pauvre George! Vous devez avoir été furieusement distrait. — Adieu; je vous attends ce soir chez la belle veuve. *(Il sort en chantant.)*

BEAUCHAMP.

Ah! vanité!.... j'osois!.... j'avois l'audace d'attribuer ce charmant désordre.... à un autre motif. Je rougis de ma présomption. — Lord Sparkle a raison. Le moment décisif est donc ce soir. Heureux celui que son cœur préfére.

Fin du quatrième Acte.

ACTE V.

Le Théatre représente un Salon dans la maison de LADY BLOOMER, *une table avec des bougies.*

SCENE PREMIERE.

LADY BELL, *suivie d'un* LAQUAIS.

A-T-ON préparé les tables dans les autres pièces ?

LE LAQUAIS.

Toutes, excepté celle du *Pharaon*.

LADY BELL.

Portes-y encore celle-ci, je n'en veux aucune dans le sallon. (*Le Laquais sort.*) Il est indifférent aux joueurs où on les place ; je réserve cette pièce à ceux qui viennent chez moi pour me voir. — Distribuons les parties. — Mettons ensemble au *Whist* Sir James Jennett, Lady Ponto.....

SCENE II.

LADY BELL, CLARINDE, JULIE.

CLARINDE.

COURAGE mon enfant, il falloit avoir ces craintes tantôt.

LADY BELL.

Ah ! c'est vous Julie. — Où avez-vous été?

CLARINDE.

Sans un petit accident nous l'aurions ignoré. — Il m'étoit réservé de l'éclaircir.

LADY BELL, *prend la main de Julie.*

Parlez, ma chère amie.

JULIE.

Miss Belmour vous en instruira, Madame ; mon malheur me rend muette.

CLARINDE.

Je ne sais pas grande chose, je ne puis seulement vous parler que de ce que j'ai vu. — Quelques soupçons d'une conduite un peu équivoque m'ont engagé à observer les démarches de Miss, je me suis rendue sous un prétexte frivole chez Beauchamp, & j'y ai trouvé Julie cachée dans une chambre.

LADY BELL.

Julie ! il est impossible.

CLARINDE.

Dementez mes yeux, si vous le pouvez. — Mais il vous arrive compagnie ; en attendant que je m'informe qui c'est, Miss peut vous instruire du reste. Pour vous laisser plus de loisir, je vais faire les honneurs de chez vous, & dirai qu'une légère indisposition vous retient encore quelques instans. (*à part, en sortant.*) Je m'en débarrasse finement.

LADY BELL, *d'un ton pénétré.*

Quoi, Julie ? vous ne craignez pas une telle démarche ?

JULIE.

Ah ! Madame ! je suis plus à plaindre qu'à blâmer. (*Elle pleure.*)

LADY BELL.

Songez que pareille imprudence.....

JULIE.

Hélas !..... je suis mariée.

LADY BELL, *se jette dans un fauteuil, & tourne le dos à Julie.*

Mariée ! qu'ai-je entendu ?

JULIE.

N'en osant instruire mon Tuteur, la crainte me l'a fait fuir ce matin.

LADY BELL.

Ah ! Julie ! — Vous êtes mariée. — Quelle vipère ai-je nourrie dans mon sein ! — Pardon, ma chère Julie.... Vous ignoriez hélas .... moi-même, je ne savois pas..... combien cet hymen me désoleroit.

JULIE.

N'ajoutez pas à mes peines. — Vous ne concevez pas tout mon malheur.

LADY BELL.

Ingrate ! — Je méritois plus de confiance.

JULIE.

Cruelle destinée ! Faut-il qu'une imprudence mette le comble à mon malheur ! — Dans les angoïsses qui déchirent mon ame, j'accourois à vous pour y trouver de la consolation : — vous achevez de m'accabler par vos reproches.

LADY BELL.

Et vous, par votre dissimulation. — Ah Julie ! si vous m'aviez révelé ce mystère.....

JULIE.

Je n'osois pas : en donnant ma main à M. Belville.....

LADY BELL, *avec transport.*

A Belville ?

JULIE.

Oui, Madame : nous avons été mariés à Paris.

LADY BELL, *à part.*

Je respire! j'allois commettre une belle indiscrétion.... (*haut.*) C'est donc à Paris que vous avez épousé Belville?..... Dis-moi, ma bonne amie..... Mais tu mérites que je te gronde..... viens que je t'embrasse..... Comment t'es-tu trouvée chez Beauchamp.

JULIE.

L'infâme Kitty, profitant de mon désordre m'a conduite à mon insçu chez Lord Sparkle; M. Beauchamp, heureusement est survenu, m'en a arrachée, & m'a donné un asyle chez lui.

LADY BELL.

Je reconnois à ce trait l'honnête Militaire. (*à part.*) Pourquoi mon cœur l'applaudit-il?

JULIE.

A peine y étois-je, que Miss Belmour, & l'instant d'après, mon époux sont arrivés.... Ah! Madame! ce trait de mystère l'a offensé. — Mais j'apperçois mon Tuteur, je tremble à son approche.

SCENE III.

Les Acteurs précédens, FITZHERBERT.

FITZHERBERT.

MA Julie ! ma chère Julie : je suis instruit de tout.

JULIE.

Ah ! Monsieur ! pardonnez....

FITZHERBERT.

L'amant de ce matin n'étoit qu'une feinte pour vous punir d'avoir épousé celui que je vous destinois.

JULIE, *avec transport.*

Rien n'égale ma joie.

FITZHERBERT.

Une erreur réciproque a causé tout cet embarras. Au moment où Belville partit pour Florence, vous reçutes ma lettre qui vous rappelloit en Angleterre ; votre époux ignorant mon dessein, vous adressa les siennes au couvent, on négligea de vous les envoyer, & vous fûtes tous les deux le jouet de l'incertitude.

JULIE.

Que n'ai-je appris ce détail ce matin, il m'eut épargné bien des peines.

FITZHERBERT.

La punition a surpassé l'offense.

LADY BELL.

Où est cet époux formidable?

FITZHERBERT.

Il attend vos ordres pour se montrer à Julie, & venir à vos pieds expier son offense. Beauchamp l'a instruit.

JULIE.

Mon époux & votre pardon? quelle félicité! Prévenons sa visite.

(Elle sort avec Fitzherbert.)

LADY BELL.

Je connois enfin mon cœur, jusqu'ici je ne le croyois sensible qu'au plaisir, mais la jalousie m'assure que l'amour l'a subjugué.

(Elle sort.)

SCENE IV.

Le fond du Théatre change, & découvre un Appartement élégamment meublé; plusieurs tables où l'on joue; une partie de la compagnie regarde, une autre partie cause; on voit les gens de Lady BELL *occupés à servir des rafraîchissemens;* CLARINDE *avance vers l'avant-scène, une* DAME *entre précipitamment & s'adresse à Clarinde. Pendant toute cette sçène, plusieurs personnes surviennent, & se mêlent à la conversation.*

LA DAME.

TROIS quarts-d'heure pour arriver du bout de la rue jusqu'ici! — On s'occupe plus les jours d'assemblées du bruit qu'on occasionne, que du monde qu'on reçoit.

CLARINDE.

Le plaisir d'interrompre le repos d'un voisin paisible, fait souvent tout le piquant de la fête.

Premier GENTILHOMME.

Je voudrois qu'on banit les cartes de la société, & qu'on y introduisit les *converzatione* à la mode d'Italie.

Second GENTILHOMME.

Cet usage ne fera jamais fortune au de-là des Alpes. — Pour bien *parler* il ne faut pas *refléchir*, c'est un défaut de l'Angleterre. — Sir *Harri Glare*, célèbre pour ses bons mots, ne refléchit jamais ; ma promptitude d'esprit me garantit du même ennui.

CLARINDE.

Tous ceux qui vous entendent parler en conviennent hautement. — Ah! voici le protégé de Lord Sparkle ; ce petit *Cornwallien* l'a fait nommer représentant au Parlement. — Interrogez-le, il vous amusera.

SCENE V.

Les précédens, PENDRAGON.

PENDRAGON.

PARBLEU Miss Belmour, je suis bien aise de vous voir : il y a une heure que M. Fitzherbert m'a conduit ici : depuis ce moment j'y examine chaque figure, & n'y découvre personne de ma connoissance. — Vous autres belles Dames, vous avez toutes le même visage, — des joues vermeilles, un col blanc, & des lèvres qui sourient à tout le monde. — Il faut une grande intimité pour vous distinguer les unes des autres.

LA DAME.

Toute sa personne est un fragment de l'histoire naturelle. — Y a-t-il long-temps que vous êtes dans le monde, Monsieur?

PENDRAGON.

Vingt ans accomplis au premier Août dernier(1).

LA DAME.

Je ne vous demande pas votre âge, mais le temps que vous avez quittez vos forêts. C'est sans doute la premiere fois que vous allez dans une assemblée?

PENDRAGON.

La premiere fois ! Ho ! je fus la semaine derniere dans une, qui valoit mieux que celle-ci. — C'étoit chez notre voisin le marchand de vin, à sa maison de campagne à *Kentishe Town* (2).

LA DAME.

Quelle dommage que je ne vous ai pas connu plutôt ! je vous y aurois accompagné.

---

(1) On nomme ce jour *Lammas Day*, ancien nom encore en usage parmi le peuple & les paysans.

(2) Endroit ainsi nommé dans les environs de Londres, & fréqnenté par les gens du commun.

PENDRAGON.

PENDRAGON.

Vous vous y seriez bien amusée; — les pièces étoient fort petites, & l'assemblée fort nombreuse; tout s'y passoit d'un commun accord; nous y étions tellement serrés, qu'une partie du monde ne bougeoit pas, sans que l'autre obéit aussitôt à son mouvement.

LA DAME.

Il est tout-à-fait commique.

PENDRAGON.

Ce n'est pas tout; on y voyoit les veuves corpulentes, les demoiselles surannées, & les ménagères de la paroisse; la médisance s'étoit donnée rendez-vous dans cette assemblée : — à la fin la société se retira. — Ho! Seigneur! c'étoit-là le moment le plus intéressant. En descendant un petit escalier, tout le monde parloit à la fois, & pendant qu'on traversoit l'allée qui conduit à la porte, un petit garçon en manière de laquais, crioit de toutes ses forces, « le b*onnet* de Miss *Fuzeau* est prêt (1). — La lan- » terne de Mistriss *Pruneau* l'attend : — les *pat-*

(1) *Bonnet*, espèce de chapeau de soye noire que portent les femmes du commun, on les appelle *scotch-bonnet*, ou *chapeau Ecossois*.

» *tins* (1) de Mistriss, *cornet à poivre*, bouchent le » passage» (2).

CLARINDE.

Il est vraiment original. — Venez mon petit Cornwallien, je veux vous montrer à toute la compagnie. *(Elle sort.)*

LA DAME.

Un mot, Monsieur ; voici une carte d'invitation pour mon assemblée de mercredi prochain. *(Pendragon la reçoit d'un air satisfait, & va en courant rejoindre Clarinde.)* Cachez vous, gens à prétention, voici le merveilleux Lord Sparkle.

(Il vient du fond de la scène, & parle en s'approchant.)

(1) *Pattins*, espèce de galoche montée sur nn petit fcr rond, de la hauteur d'un pouce, qui empêche celles qui les portent de se mouiller les pieds. Elles ue sont communément en usage que parmi le peuple, quelquefois on s'en sert à la campagne après la pluie.

(2) La description de cette assemblée est une épigramme contre le petit bourgeois, qui, à l'exemple des grands, s'avise aujourd'hui d'avoir des jours marqués pour recevoir sa société. C'est aussi une image de ce qui se passe au sortir des spectacles & des assemblées ; on appelle de cette manière les chaises à porteurs & les voitures.

SCENE VI.

Les précédens, LORD SPARKLE.

LORD SPARKLE.

VOUS ne donnez pas ce conseil à votre sexe j'espere. — Dans un siècle où la coëffure l'emporte sur le reste du corps, l'avis ne seroit pas agréable à suivre.

Premier GENTILHOMME.

Sachez-moi gré, Milord, malgré l'invitation de Lady Bell, j'eus préféré un autre engagement que j'avois depuis huit jours; mais pour vous satisfaire, on sacrifie tout le monde.

Second GENTILHOMME.

J'ai renoncé pour vous à un rendez-vous à l'Opera; j'en suis un peu fâché, j'ai vu là-bas l'époux de la Dame. — Mais pourquoi cet empressement à nous avoir ici?

LORD SPARKLE.

Peut-on avoir trop de témoins de son triomphe? Partagez ma satisfaction, je suis le héros de cette fête, ce soir décidera mon sort. — Voici le prix du vainqueur qui s'avance vers nous.

SCENE VII.

Les précédens, LADY BELL, *en s'avançant vers l'avant-scène, elle salue la Compagnie de part & d'autre.*

LADY BELL, *à une Dame.*

JE suis tentée de vous bouder, vous m'avez oublié hier au soir. (*à une autre Dame.*) Il y a des siècles que nous ne nous sommes vues. — Vous voilà, Milord. — Je me suis occupée de vous avec M. Fitzherbert, il s'agissoit de votre bonheur futur.

LORD SPARKLE.

Je ne m'attendois pas à pareil soin de sa part, c'est à vous sans doute que j'en suis redevable.

LADY BELL, *à part.*

S'il devinoit de quoi il s'agit, sa suffisance changeroit de ton. (*haut.*) Avez-vous vu M. Beauchamp ?

LORD SPARKLE, *d'un air satisfait.*

En doutez-vous ? (*il lui baisel a main.*) Ah ! ma chere Lady Bell ! il a eu la présomption de s'attribuer votre message. (*Il rit.*)

LADY BELL, *en riant.*

Quelle extravagance !

SCENE VIII.

Les précédens, BEAUCHAMP.

BEAUCHAMP, *à part.*

Ils se sont retirés à l'écart, pour jouir librement de leur tendresse.

LADY BELL, *à Lord Sparkle.*

Le voici; je veux m'en divertir.

LORD SPARKLE, *à Lady Bell.*

Il enragera. (*à Beauchamp.*) « Approchez, Berger langoureux ». Jettez un dernier regard sur tant de charmes. — Vous le permetez, Madame.

LADY BELL.

Dès que vous l'approuvez, j'y consens.

LORD SPARKLE.

Ce langage vous étonne : ha ! ha ! ha ! ... s'il est épris de vous.... J'avoue qu'il est cruel.... d'être témoin du bonheur d'un rival. — Mais on ne peut éviter sa destinée. *Ixion* osa soupirer pour *Junon.*

LADY BELL.

Il en fut puni. —Quel sera votre châtiment, M. Beauchamp?

BEAUCHAMP.

Vous m'étonnez, Madame ; — étoit-ce pour me faire essuyer de pareils propos, que vous m'avez ordonné de me rendre chez vous ?

LADY BELL.

Ordonné! rappellez-vous notre conversation, & vous verrez que je ne vous ai rien ordonné.

BEAUCHAMP.

Vous m'avez dit de venir chez vous, Madame, & que j'y verrai l'objet de votre tendresse.

LADY BELL.

Hé bien, Monsieur.... il est ici.

LORD SPARKLE, *en lui baisant la main.*

Que cet aveu a pour moi de charmes.

BEAUCHAMP, *à part.*

Je n'y tiens plus. (*haut.*) Ah, Madame! vous m'auriez pu épargner la peine d'être le témoin du bonheur de Milord; — cette cruauté est indigne de vous; mais en me faisant souffrir, vous me rendez le service d'emporter moins de regrets.

(*Il fait quelques pas.*)

LADY BELL.

Arrêtez! où allez-vous?

BEAUCHAMP.

Je pars, & avant que l'hymen ait serré vos liens, je serai loin de l'Angleterre.

LADY BELL, *fort agitée.*

De grace! arrêtez-vous un instant.

LORD SPARKLE.

Ne voyez-vous pas que Madame a besoin de vous le jour de ses noces.

BEAUCHAMP.

Ah ! Milord ! l'excès du bonheur, rend souvent insolent. — Est-il possible, Madame, que le feu secret qui me consume vous déplaise jusqu'à vous rendre inhumaine. — Vous ai-je jamais ennuyée par des plaintes inutiles ? A peine ai-je osé me permettre des soupirs ; comment ai-je pu mériter....

LADY BELL.

Cessez vos reproches, je n'ai pas méprisé vos feux. — Mais que voulez-vous que je fasse ? Le mérite, l'élégance, & tous les avantages de Milord, doivent l'emporter sur votre tendresse.

LORD SPARKLE, *se jette à ses pieds.*

Vous êtes adorable ! cette grande pénétration, fait l'éloge de votre esprit.

SCENE IX.

Les Acteurs précédens, SOPHIE.

SOPHIE, *criant de loin.*

Le perfide! l'indigne suborneur!

LORD SPARKLE, *en se levant précipitamment.*

Quelle apparition!

SOPHIE, *à LADY BELL.*

Malgré l'éclat qui vous environne, il vous trompera tout aussi bien que les autres : il vous parlera de bonheur, de malheur, de ceci, de cela, « mais ce ne sont que des *Hyperboles, de lieux communs, & toutes ces sortes de choses* ».

LADY BELL.

Quoi, Milord? cette jeune personne a-t-elle des droits sur vous?

LORD SPARKLE.

Des droits! ha! ha! ha! ha! Il est aisé de les deviner. Si la petite sauvage ignore le langage du jour, est-ce ma faute? Les complimens sont comme une monnoie courante, chacun doit en connoître la valeur.

SCENE X.

Les précédens, PENDRAGON.

PENDRAGON, *en frappant* LORD SPARKLE *sur l'épaule.*

Et de quelle valeur sont vos promesses de me faire Colonel des Gardes, par le crédit de vos puissans amis ?

LORD SPARKLE.

Celle de m'avoir fait membre du Parlement.

SCENE XI.

Les Acteurs précédens, FITZHERBERT, JULIE.

FITZHERBERT.

Voici une Dame, Milord, qui sans avoir aucun crédit dans l'État, n'a pu cependant échapper à vos piéges. Expliquez-lui pour quel motif vous lui faisiez la cour, tandis que vous aspiriez à la main de son amie.

JULIE, *ironiquement.*

Ne vous flatez pas, Madame, de posséder seule son cœur, j'y ai quelques prétentions.

LORD SPARKLE.

Pure malice, dictée par M. Fitzherbert. — Je n'eus jamais de prétentions ſur vous, Mademoiselle.

SCENE XII.

Les Acteurs précédens, BELVILLE.

BELVILLE.

COMMENT avez-vous osé, Milord, vous addresser à elle, ſi vous n'aviez pas des intentions honnêtes?

LORD SPARKLE.

De quel droit vous mêlez-vous de ses affaires?

BELVILLE.

D'un droit assez foible, pas autre que celui de son époux.

LORD SPARKLE.

Son époux! j'en suis ma foi ravi. — Voilà, cependant le danger d'être trop diſcret avec ſes amis. — Y a-t-il quelques autres griefs dont on se plaigne.

BELVILLE.

Vous vous êtes approprié un trait de générosité, que M. Beauchamp....

LADY BELL.

Tenoit d'un homme, qui n'auroit pas permis que

tant de noblesse & de bravoure, dût son état à vos caprices.

BELVILLE.

Vous n'avez pas rougi, Milord, de vous attribuer la commission de Capitaine, qui lui fut envoyée sous une enveloppe anonyme, & vous en avez même pris avantage pour asservir sa reconnoissance.

LORD SPARKLE.

Où est le mal ? Il eut été moins charitable de laisser une bonne action courir le monde, *incognito*. — C'étoit un orphelin à qui il falloit un père ; mais je m'apperçois qu'il appartient à M. Fitzherbert ; je m'empresse à vous le rendre, bien convaincu que vous me remercirez de lui avoir accordé l'honneur de ma protection.

FITZHERBERT.

Vos mauvaises plaisanteries peuvent vous mettre à l'abri de la vengeance, mais non pas du mépris. Votre effronterie....

LORD SPARKLE.

Effronterie ! Distinguez, je vous prie, Monsieur, l'aisance du bon ton, de l'impudence du vulgaire. C'est cette aisance qui me fait braver votre injuste prévention, & me rend calme, au milieu de l'orage qui m'environne. — Aimable Lady Bell, quittons ces bonnes gens, & contens de nos principes, allons jouir dans le grand monde des qualités qu'on y admire.

LADY BELL.

Vous n'ignorez pas, Milord, que les caprices distinguent les femmes du bon ton, les miens m'engagent à préférer le mérite & la candeur, au brillant de votre éclat. M. Beauchamp, si vous me croyez digne d'être votre épouse, je vous offre.....

BEAUCHAMP.

Vous m'avez appris, Madame, à me méfier de vos sentimens.

LADY BELL.

Il n'est plus temps de feindre : vos qualités estimables l'emportent sur les vices & la corruption des mœurs.

LORD SPARKLE.

Quoi ! seriez-vous du complot ?

FITZHÉRBERT.

Toute votre habilité n'a pu pénétrer ce mystère. — J'ai le malheur d'être votre parent, Milord, & par devoir me suis informé de votre conduite : j'ai été instruit de tous vos projets, & me suis apperçu qu'ils ne tendoient qu'à votre honte, & à votre ruine. Plusieurs de vos desseins ont échoués, graces à mes soins. Vos frivoles promesses, ont fait perdre ces pauvres enfans, leur simplicité naturelle, & les exposent aux piéges de la capitale. Quel sort leur préparez-vous.

LORD SPARKLE.

Qu'ils s'en retournent bien vîte dans leur paisibles bois.

PENDRAGON.

Le diable m'emporte, si j'y vais. — Je connnois à présent le grand monde, je suis décidé a y rester. *Hyde-Park*, *l'Opéra*, la *Comédie*, *& toutes ces sortes de choses* me conviennent davantage. (*à Fitzherbert.*) Vous m'avez promis de l'emploi ; le Capitaine n'a plns besoin de sa commission, il faut me la donner.

FITZHERBERT.

J'ai d'autres projets pour vous jeune homme ; vous ne possédez pas les vertus qui distinguent le Militaire : il faut être intrépide, noble & généreux : de tels guerriers font respecter nos armes, & servent de boulevard à l'État.

SOPHIE.

Que Bobby reste aussi long-temps qu'il lui plaira, je m'en retourne en Cornwall ; j'y avertirai tous mes voisins de ne plus se fier aux promesses d'un *Lord*.

LORD SPARKLE.

Les grandes entreprises, & les disgraces distinguent l'homme courageux : il y a une certaine singularité dans cette aventure, qui m'engagera à en tenter de nouvelles.

FITZHERBERT.

Vous êtes incorrigible. — Mais c'en est fait; Beauchamp comble mes vœux, & sera mon unique héritier.

LADY BELL.

Je m'y oppose; vous m'enleveriez le plaisir d'avoir fait un sacrifice, en faveur de l'homme que je préfére.

FITZHERBERT.

C'est à vous à décider de son sort.

LADY BELL.

Qu'il employe son bras en faveur de sa patrie, & que son cœur ne respire que pour moi; que sa valeur défende, les dernières & précieuses possessions de la Grande Bretagne.

BEAUCHAMP.

L'amour & la gloire seront mes guides, dans la route de l'honneur; ils rendent nos ancêtres invincibles: ce n'est qu'en les imitant que nous conserverons la libetté, & l'indépendance qu'ils nous acquirent aux dépends de leur sang. (1)

(1) Cette pièce fut jouée pendant la guerre, elle fut applaudie, & se soutint avec le plus grand succès. Qu'on juge d'après cela des hommes & du motif qui les fait agir.

FIN.

www.ingramcontent.com/pod-product-compliance
Ingram Content Group UK Ltd.
Pitfield, Milton Keynes, MK11 3LW, UK
UKHW021308190726
13839UKWH00007B/539